천마사냥꾼

운경 현대 판타지 장편소설

WISHBOOKS MODERN FANTASY STORY

천마사냥꾼 2

운경 현대 판타지 장편소설

초판 1쇄 찍은 날 | 2017년 8월 9일
초판 1쇄 펴낸 날 | 2017년 8월 16일

지은이 | 운경
펴낸이 | 예경원

기획 | 위시북스
편집책임 | 이규재
편집 | 이즈플러스

펴낸곳 | 예원북스
등록번호 | 제396-2012-000132호
등록일자 | 2012. 7. 25
KFN | 제1-137호

주소 | 경기도 고양시 일산동구 호수로 646-24 위너스21 II 빌딩 206A호 (우)10401
전화 | 031-819-9431 팩스 | 031-817-9432
E-mail | yewonbooks@naver.com

ISBN 979-11-6098-443-9 04810
      979-11-6098-441-5 (set)

천마사냥꾼

운경 현대 판타지 장편소설

WISHBOOKS MODERN FANTASY STORY

2

Wish Books

천마사냥꾼

CONTENTS

제5장
에메랄드 시타델

1

정체불명의 상대방은 한동안 말이 없었다.

그대로 통신이 끊기는 것인가 적시운이 생각할 무렵, 예의 목소리가 들려왔다.

—마수들의 습격이라는 건 거짓말이었나?

"아니, 거짓말은 아니다."

—하지만 온전한 진실도 아니라는 투로 들리는군.

"좋을 대로 생각해."

—좋아. 뭐가 됐든 네가 클랜을 장악한 것은 분명해 보이는군. 혹은 클랜을 붕괴시켰거나. 어느 쪽이 되었든 네 능력

을 증명하기엔 충분했다고 평할 수 있을 것이다.

적시운이 단순히 토마호크의 후계자를 자처했다면 이미 통신은 끊어졌을 것이다. 하지만 적시운은 저쪽이 혹할 만한 대답을 했다. 토마호크 클랜을 멸망시킨 장본인이라는 뉘앙스를 줌으로써. 그리고 상대의 흥미를 끌어냈다.

─하지만 그것만으로는 부족해. 내가 너와 더 대화를 나눠야 할 이유가 있나?

"말했을 텐데. 내가 직접 에메랄드 시타델을 찾아가겠다고. 거래도 흥정도 그때 하겠다."

─우습군. 내가 네 뜻대로 따라줄 거라 생각하는 건가? 오만하기 짝이 없군.

"당신 생각은 중요한 게 아니지. 중요한 건 오스카 백작의 생각이니까."

오스카 백작. 에메랄드 시타델의 지배자. 그 이름은 미네르바의 데이터베이스를 통해 알아냈다. 미네르바에 북미 제국의 자료가 다운되어 있는 만큼 상세한 기록을 얻어내는 건 어렵지 않았다.

제국 내 귀족 서열은 42위. 서열 목록이 500위 가까이까지 있는 것을 보면 결코 낮은 순위가 아니었다.

─감히 그분의 성함을 멋대로 들먹이는군. 나와 대화를 하는 정도로 네가 뭐라도 되었다고 생각하는 건가?

"딱히 그런 건 아냐. 그저 백작이 나에 대해 흥미를 가질 수도 있다는 것뿐이지."

—흥! 네깟 놈이 뭐라도 되는 줄 아는 거냐?

적시운은 잠시 뜸을 들이고는 말했다.

"제이콥 토마호크는 비장의 무기를 소지하고 있었더군."

—비장의 무기라고? 그게 무슨 뜻이지?

"M-29 기간틱 아머, 마스토돈."

—……

"제원을 확인해 보니 북미 제국의 군수 공장 제작품이더군. 국가 공인 병기라는 뜻인데, 일개 약탈자 무리의 대장이 갖고 있기엔 과분한 물건이 아닐까?"

—네놈, 토마호크의 마스토돈을 탈취한 것이냐?

"아니, 박살 냈다."

—……!

"이온 전지의 잔량이 좀 남았는데 처분할 곳이 없어서 말이야. 그래서 조만간 에메랄드 시타델을 방문할 생각이지. 백작이라면 좋은 값에 구입해 주지 않을까 싶거든."

물론 이 말은 미끼일 뿐, 적시운의 진짜 의도는 아니었고 상대방 또한 그 사실을 알고 있었다.

적시운이 넌지시 암시한 것은 크게 두 가지였다. 도시의 지배자인 오스카 백작이 노예상 집단인 토마호크 클랜을 지원했음을 꼬집은 것이 하나, 그리고 자신이 기간틱 아머를 파괴할 수 있을 정도의 능력자임을 밝힌 것이 다른 하나였다.

전자는 사실 별 의미가 없었다. 애초에 뒤탈이 없을 만큼의 권력이 있으니 마음껏 토마호크 클랜을 지원한 것일 테니까. 설령 누군가 그 사실을 알게 된다고 해도 백작 측이 입을 피해는 전무했다.

결국 진짜 의도는 후자라 할 수 있었다.

―제법 자기과시를 할 줄 아는군.

상대방은 진심으로 감탄한 어조였다.

―기간틱 아머를 파괴할 정도의 전투력, 사소한 관찰만으로 이상의 결론을 끌어낼 수 있는 통찰력. 확실히 인상 깊긴 하군. 토마호크를 죽였다는 게 납득이 가는걸.

"그런가?"

―그렇다고 너무 우쭐하지는 마라. 너 정도의 실력자는 백작님의 곁에 즐비하니.

"……."

―하지만 커트 라인을 넘어설 정도는 되는군. 제법 쓸 만하겠어. 너에 대해선 백작님께 보고를 드리겠다.

"그럼 거래 성립인 건가?"

―네가 직접 이곳으로 찾아온다면.

"어려울 것 없지."

적시운은 곧바로 대답했다.

애초부터 그곳을 찾아갈 생각이었다.

―좋아, 내 이름은 조로아스터. 시타델에서 나를 찾는 건 어렵지 않을 거다. 네가 정말 유능하다면 말이지.

"조로아스터, 기억했다."

―훗, 반응을 보아하니 이곳 출신은 아니로군.

"당신, 꽤나 유명인인 모양이지?"

―뭐, 그렇다고 할 수 있겠지. 그보다 네 소개나 좀 해줬으면 좋겠군. 백작님께 보고를 올리려면 이름 정도는 알아야 할 테니.

"내 이름 따위는 아무래도 좋을 텐데? 토마호크 놈들은 나를 스캐빈저라고 불렀다만."

―스캐빈저, 그렇게 보고를 올리도록 하지.

잠시 뜸을 들인 조로아스터가 경고하듯 말했다.

―실제로 만났을 때도 부디 입으로 떠들어 댄 것만큼의 능력을 보여주길 바란다.

에메랄드 시타델.

북미 제국의 남서부 지역인 뉴 텍사스 내에서도 세 손가락 안에 드는 대도시였다. 인구는 대략 30만. 지하를 택한 여타 도시와 달리 지상에 세워져 있으며 10미터에 이르는 거대 장벽의 수호를 받고 있다고 했다.

지상 도시임에도 뚜렷한 위세를 발하고 있다는 점에서 알 수 있듯, 마수들의 공습을 충분히 막아낼 수 있을 만큼 병력의 질 또한 높은 편. 뉴 텍사스 주(州)의 중심 도시라 불리기에 손색이 없다…… 는 게 미네르바에 기록된 에메랄드 시타델의 데이터였다.

"그 정도 도시라면 비행 수단도 갖추고 있겠지."

대양을 넘어갈 정도의 비행 수단을 말이다. 그리고 이를 제공할 수 있는 사람은 역시 오스카 백작, 시타델의 지배자뿐이었다.

"결국 어떻게든 그자와 담판을 지어야 한다는 거지."

그러기 위해선 해야 할 일이 많았다. 이제 겨우 첫걸음마를 내디딘 격이었으니.

적시운은 제이콥의 방을 좀 더 수색했다. 금고 안에는 쉽게 보기 힘든 귀중품이 가득했다. 섬세하게 세공된 은제 시계, 보석이 촘촘히 박혀 있는 목걸이, 일단 모양새는 그럴싸해 보이는 도자기 등등…….

그중에서도 적시운의 시선을 끄는 것은 단연 한 가지였다.

"USB 메모리?"

분명했다. 22세기 들어 거의 볼 일이 없게 된 구형 USB 메모리. 혹시나 미네르바에 꽂을 수 있을까 싶어 찾아봤지만 맞는 포트가 없었다. 하는 수없이 일단 챙겨두기로 했다.

다음으로 살핀 것은 무기 거치대. 다양한 종류의 총기가 있었지만 이번에도 적시운의 눈길을 끈 것은 색다른 무기였다.

"전기톱이군."

시험 삼아 가동해 보니 맹렬한 기세로 톱날이 회전했다.

"나무 자르는 데엔 유용하겠는걸."

물론 적시운의 입장에선 구차하게 전기톱을 쓰느니 염동력으로 베는 편이 낫긴 했다. 그래도 어딘가에 쓸 일은 있을 것 같았다.

"이게 문제란 말이지."

적시운은 입맛을 다시며 중얼거렸다.

무슨 물건이 됐든 간에 어딘가 쓰임새가 있을 것이다.

그런 생각이 자꾸만 머릿속에 떠올랐다. 그렇다 보니 단순한 물건은 물론이고 쓰레기나 다름없는 것들까지도 함부로 버리기가 꺼려졌다. 아지트에 쌓아놓은 잡동사니들은 그 결과물. 아무래도 이 버릇만큼은 당분간 쉽게 고치기 힘들 듯했다.

결국 제이콥의 방에 있던 물품 대부분을 마을로 옮겼다. 그리고 그중에서 특히나 쓰임새가 있는 것들을 차량으로 옮기기로 했다.

"그 전에 선택부터 해야겠지."

토마호크 클랜은 꽤나 다양한 차량을 구비해 두고 있었다. 물론 그중 상당수가 지난 전투에서 고장 나거나 박살이 났지만.

그래도 남은 것을 추려보니 10대가 가볍게 넘었다.

대부분은 4륜 구동형 트럭과 지프. 하나같이 덕지덕지 개조를 해놓아서 원래 모델이 무엇인지 알아보기 힘들 지경이었다.

적시운은 그중 가장 튼튼해 보이는 놈을 골랐다. 대형 바퀴를 지닌 몬스터 트럭에 가깝게 개조된 녀석이었다.

"이제 가져갈 물자만 채우면 되겠군."

우선은 식량.

다행히 제이콥의 방에서 얻은 전투 식량이 있었다. 양도 넉넉한 편이어서 족히 한 달은 버틸 수 있을 듯했다.

다음으로는 무기.

"우선은 저격 소총부터."

전투에 있어 가장 중요한 요소 중 하나가 바로 거리였다. 특히나 이능력자에게 있어선 몇 m의 거리가 생사를 가르는 요소가 될 수 있었다.

예컨대 긴 사정거리를 자랑하는 적을 상대할 때가 그랬다.

정신을 집중한 상태라면 반경 100m 이내의 대부분의 공격을 감지하고 대처할 자신이 있는 적시운이었다. 하지만 그 말을 뒤집으면 그 바깥에서 날아드는 공격엔 취약할 수밖에 없다는 것.

미리미리 배리어를 몸 주위에 둘러놓는 것만이 사실상 유일한 대처법이었다.

반격 또한 여의치 않기는 마찬가지. 필연적으로 적시운 또한 저격으로 맞설 수밖에 없었다.

"딱히 자신은 없지만 말이지."

사이킥이라 해도 그 기본은 군 공무원. 당연히 기본적인 군사훈련을 수료하게 되어 있었다. 적시운 또한 그 과정을 거치며 사격 훈련을 비롯한 각종 훈련을 마치긴 했다. 하지만 사격 실력은 평균에도 한참 못 미치는 수준이었다.

"뭐, 딱히 노력을 하지 않았으니."

근거리의 경우 대충 쏘고 염동력을 가해 적중시키는 편이 나았고, 원거리의 경우엔 실력 좋은 스나이퍼들에게 맡기는 편이 나았던 것이다.

하지만 지금의 그는 철저한 혼자. 잘 못하는 저격수 노릇이라 해도 직접 하는 수밖에 없었다.

적당한 총기를 골라내는 작업엔 미네르바를 이용했다. 적시운이 사용하던 한국군의 K시리즈와 미국제 소총들은 여러 측면에서 차이가 있었던 것이다.

[XT-500 대물 저격총.]

[50구경 탄을 사용하는 반자동식 저격 소총. 중량은 12kg이며 유효 사거리는 850m. 탄창 하나당 수용 탄환은 10발이며…….]

"좀 무겁긴 한데…… 괜찮겠지."

기실 저격 소총은 그리 많지 않았다. 하기야 일반 소총에 비하면 귀하디귀한 물건이니 어쩔 수 없었다.

그 외에도 몇 정의 소총을 추가로 챙겼다. 마지막으로 전기톱을 비롯한 근접 무기를 소량 추려냈다.

"다음은 탄환인가."

탄환의 경우엔 최대한 많이 챙길 필요가 있었다. 쓰임새도 쓰임새거니와 경우에 따라 화폐 대용으로 사용할 수도 있었다.

결국 식량과 무기, 탄환만으로도 트럭의 짐칸이 절반 이상 채워졌다.

"그럼 다음으로는 무엇을 챙긴다……?"

고민 중인 적시운에게 익숙한 목소리가 들려왔다.

"떠날 준비를 하시는 건가요?"

세실리아였다.

적시운은 그녀를 돌아보지 않은 채 대꾸했다.

"언제까지고 여기서 죽치고 있을 순 없으니까."

"며칠 지나지도 않았는데……."

"몸은 충분히 회복됐고 이곳에 더 볼일도 없어. 굳이 시간을 낭비할 이유는 없지."

"에메랄드 시타델로 가시려는 건가요?"

"그래."

"하지만 가는 길도 제대로 모르잖아요? 누군가 주변의 지리를 잘 아는 사람이 필요할 거예요."

그렇지는 않았다. 상세한 지도가 미네르바의 데이터베이스 안에 존재했으니까.

위성사진을 기반으로 정확한 축척과 지형 및 위험 요소까지 상세히 기록된 지도. 어지간한 길잡이보다 신뢰할 수 있는 물건이었다.

물론 이에 대해 설명할 이유는 없었다. 특히나 미네르바 같은 첨단 장비에 대해서는 더더욱.

"길잡이는 필요 없어."

"하지만 오빠는 이곳 사람도 아니잖아요?"

"그런데도 너희와 만나기 전까지 혼자서 잘만 살아남았지."

"그, 그건 그렇지만……."

"내 걱정할 여유가 있으면 너희 마을이나 걱정해."

"우리 마을이요?"

"그래, 보아하니 이 일대의 약탈자 집단이 토마호크 클랜 하나만은 아닌 것 같던데."

미네르바에 표기된 약탈자 세력만 해도 무려 3곳. 물론 그 중 오소독스에 기반을 둔 것은 토마호크 클랜뿐이었다. 나머지 둘은 특정한 기반이 없는 떠돌이 세력이었다.

'하지만 그건 토마호크 클랜의 등쌀에 밀렸기 때문일 뿐.'

클랜이 사라진 것을 알게 되면 또 다른 세력이 둥지를 틀려 할 것이었다. 그리고 필연적으로 화염의 아이들과 대립하게 될 터였다.

이 황무지, 아니, 이 세계에 있어 영원한 평화 따위는 요원한 일이었다.

"게다가 마수들도 있지. 놈들이 지금 당장은 얌전하다지만, 언제까지고 그러리란 보장은 없어."

"그것 때문에 말인데요."

세실리아가 조심스럽게 말했다.

"큰할머니께서 오빠한테 의뢰하고 싶은 일이 있다고 하셨어요."

2

적시운은 잠시 침묵하다가 쏘아붙였다.

"난 너희 심부름꾼이 아냐. 의뢰할 게 있다면 다른 사람 찾아보라고 해."

"그렇게 반응할 거라고도 말씀하셨어요."

"……."

"그래서 이렇게 전하라고 하셨어요. 은인께서 흥미를 보이실 만한 것을 가지고 있습니다."

"그게 뭔데?"

세실리아는 어깨를 으쓱거렸다.

"저야 모르죠."

"아는 게 하나도 없군."

"그, 그건……."

세실리아가 얼굴을 붉혔다. 토마호크 클랜은 물론, 적시운마저 벌벌 떨게 했던 폭염의 마녀라고는 생각하지도 못할 모습이었다. 하지만 이게 바로 그녀의 진면목. 좋게 보자면 때묻지 않은 모습이라 할 수 있었다.

'까놓고 말하자면 멍청한 거지만.'

"큰할머니라는 여자가 고생 많이 했겠군."

"네?"

"아니, 아무것도 아냐."

적시운은 트럭 짐칸에서 내려섰다.

"저녁 즈음에 찾아가겠다고 전해. 그 전에 해야 할 일이
있어서."

"으응, 알겠어요. 뭐 도와드릴 건 없고요?"

"딱히 없어."

"전 큰할머니랑 같이 있을 거니까 필요한 게 있으면 언제
든지 찾아오세요."

적시운은 대강 고개를 끄덕여 주었다.

세실리아는 그 후로도 시시콜콜한 이야기를 재잘대다가
돌아갔다.

"……."

딱히 할 일이 있진 않았다. 물품 적재는 끝냈고, 미네르바
를 통해 지형 숙지도 대강 마쳐 두었다.

"남은 건 그 작자를 만나는 것뿐이려나?"

생각해 보면 그날 이후로 얼굴 한번 보지 못했다. 기실 적
시운이 의도적으로 회피한 것에 가까웠지만. 그렇다고 영영
피해 다니기만 할 수도 없는 노릇이었다.

"……."

적시운은 마을을 벗어나 아지트로 향했다. 다른 이의 방해를 받고 싶지 않았기 때문이다.

후두두둑.

갈라진 천장에서 떨어져 내리는 흙먼지. 허름하지만 아늑한 아지트가 적시운을 반겼다.

적시운은 염동력을 발해 대강 환기를 하고는 아지트 중앙에 정좌했다. 그리고 며칠만에 운기조식에 착수했다.

"오랜만이로구먼."

"······."

적시운은 내심 생각했다.

지금 저 인간의 낯짝에 주먹질을 하면 어떻게 될까?

시험 삼아 있는 힘껏 권격을 날렸다. 그러나 적시운의 주먹은 애꿎은 허공만 가르고 지나갔다.

"젠장."

"간만에 만나서 한다는 인사가 주먹질인가?"

"당신 때문에 죽을 뻔했으니까."

천마는 웃었다.

"하지만 죽지 않았지. 자네가 구하려던 이들도 구할 수 있었고."

"딱히 구하고 싶었던 건 아니었어."

"그렇다면 왜 그때 유탄 앞으로 뛰어들었지?"

"그야……."

적시운은 말끝을 흐렸다. 그래도 반발심 때문인지 바로 말문이 막히진 않았다.

"그야 당신이 그 여자가 세연이일지도 모른다고 날 속였으니까."

"속인 적은 없네. 애초에 그 생각은 본좌가 아닌 자네가 떠올리던 것이었고."

"……."

적시운은 말문이 막혔다.

"빌어먹을 망령."

"망령이 아니라 자네의 무의식일세."

"뭐가 됐든 간에."

적시운은 바위 턱에 주저앉았다. 그 자리에 원래 바위가 있었던가 하는 생각이 잠시 들었지만 아무래도 상관없었다. 어차피 이곳은 그의 정신세계. 아마도 원하는 건 뭐든지 이루어질 터였다.

'정작 저 늙은이 하나 어찌하지 못하고 있지만 말이지.'

적시운은 내심 한숨을 뱉었다.

"제이콥과 대치했을 때, 제때 권법을 펼치지 못했다면 그대로 죽었을 거야."

"하지만 자네는 천랑섬권을 훌륭히 펼쳤지. 그리고 살아 남았고."

"요행이었을 뿐이야. 우연한 행운 덕분에 목숨을 건진 것에 불과하다고."

"요행이 아닐세."

천마는 딱 잘라 말했다. 어찌 그리 단정 지을 수 있느냐고 물으려던 적시운은 입을 다물었다. 어차피 돌아올 대답이야 뻔하다는 생각이 든 것이다.

그래서 다른 질문을 꺼냈다.

"지금의 내 무공, 당신과 비교하면 어느 정도 수준이지?"

잠시 뜸을 들이던 천마가 대꾸했다.

"귀주성 무한산 근방에선 흑룡석이라 불리는 특이한 암석이 발굴되고는 했지. 어지간한 백련정강검으로 후려쳐도 도리어 칼날이 부서질 만큼 강도 높은 암석이었네."

"그런데?"

"기억하기로 본좌는 열 살 무렵에 처음으로 흑룡석을 깨뜨렸을 걸세."

"천랑섬권으로?"

"천랑섬권으로."

적시운은 미간을 찡그렸다.

"그러니까 내 실력은 열 살 꼬맹이 수준이라는 건가?"

"정확히는 그보다 약간 떨어지겠군. 그래도 보통 아해가 아닌 본좌와의 비교이니 자신감을 가져도 좋네."

"남의 기억에 얹혀사는 망령한테 격려받고 싶진 않은데."

그래도 기분은 썩 나쁘지 않았다. 염동력에만 의지해야 했던 적시운에게 비장의 패 하나가 생긴 셈이었으니까. 물론 그 전에 천랑섬권을 제대로 숙달해 둘 필요가 있었다. 언제 어디서나, 원하는 순간에 펼칠 수 있게끔.

"그러려면 역시 반복 수련하는 것밖엔 답이 없는 건가?"

"전에도 말하지 않았던가?"

천마는 빙긋 웃었다.

"낙숫물이 댓돌을 뚫는 법이네."

"오셨군요."

큰할머니, 예의 여인이 미소로 적시운을 맞았다. 움막으로 들어서던 적시운은 미간을 살짝 찡그렸다. 세실리아가 여인의 무릎에 기댄 채 잠들어 있었다.

그녀는 평소와 달리 검은 슈트가 아닌 헐렁한 천 옷을 입고 있었다. 하기야 몸에 착 달라붙는 옷을 항상 입고 다녔다간 땀범벅과 피부 질환으로 고생깨나 해야 할 것이었다.

"조금 전에 잠들었답니다. 은인이 오시길 내내 기다렸지요."

"나를?"

"네, 아무래도 은인께서 꽤나 이 아이의 마음에 든 모양이에요."

"내가?"

여인은 대답 대신 빙긋 웃었다. 적시운은 애매한 감정 속에서 떨떠름하게 중얼거렸다.

"이해가 안 되는데. 나 때문에 죽을 뻔하기까지 했잖아?"

"그 얘기는 세실에게서 들었어요. 그래도 결과적으로 은인께서 이 아이를 구해주셨더군요."

"그건……."

그녀를 이용할 구석이 있었기 때문일 뿐.

적시운은 그렇게 설명하려다 입을 다물었다. 어쩐지 말해봤자 변명처럼 들릴 것 같았기 때문이다.

"됐으니까 일 얘기나 하지. 내가 솔깃해할 만한 것을 가지고 있다고 들었다."

"예, 그렇게 얘기해야 은인께서 다시 찾아와 주실 것 같았거든요."

"……사실은 제안할 게 없다는 건가?"

"그렇지는 않아요."

늙은 여인은 세실리아를 침대에 뉘었다.

"은인께서는……."

"적시운."

"적시운, 적시운……."

몇 차례 입속에서 그 이름을 굴려본 여인이 빙긋 웃었다.

"그러고 보니 은인의 존함도 미처 묻지 못했네요. 사실 세실리아한테 듣기는 했는데, 본명일 것 같지는 않았답니다."

"내 이름이 뭐랬는데?"

"잭……."

"됐어. 말하지 마."

적시운은 나직이 한숨을 쉬었다.

"그러고 보니 나도 미처 묻지 못했군. 당신 이름은?"

"북미 제국의 동료들은 저를 세실리아라고 불렀었죠. 본명은 한국식이어서 다들 제대로 발음하질 못했거든요."

"천주교도였나?"

여인은 고개를 끄덕였다.

"알고 계시는군요. 세실리아는 세례명이랍니다. 후에 이 아이에게 물려주었지요."

"그럼 본명은?"

"김은혜라고 합니다."

여인은 민망했던지 수줍게 웃었다.

"참 오랜만에 발음해 보네요. 근 30년간은 들려줘 본 적도, 들어본 적도 없어요."

"김은혜. 좋은 이름이네."

"고마워요, 적시운 님."

적시운은 민망함에 그녀의 눈길을 회피했다.

"자기소개는 끝났으니 거래 얘기나 하자고."

"그래요."

"내게 의뢰할 거리가 있다고 들었어. 미리 말해두지만 내 목적과 어긋나는 내용이라면 보수가 무엇이든 간에 거절할 거다."

"그 점은 걱정하시지 않아도 된답니다. 저희의 용건 또한 에메랄드 시타델에 있으니까요."

"에메랄드 시타델에?"

고개를 끄덕인 여인, 김은혜가 말했다.

"알고 계시겠지만 토마호크 클랜은 이 일대를 주름잡던 세력이었어요."

비유하자면 산을 지배하는 대호라고 할 수 있을 터. 그리고 대호가 죽은 곳에선 여우나 늑대 따위가 왕 노릇을 하려 드는 법이었다.

"어중이떠중이들이 토마호크의 빈자리를 차지하려고 몰려들겠지. 바깥의 황무지에 비하면 오소독스는 천국이니까."

"네, 하지만 그들은 사실 그렇게까지 큰 문젯거리가 아니에요."

"폭염의 마녀가 있으니까?"

김은혜의 얼굴이 어두워졌다.

"세실 때문만은 아니랍니다. 오히려 저희는 이 아이를 싸움 속으로 밀어 넣는 일만은 어떻게든 피하고 싶어요."

그녀는 세실리아의 머리칼을 쓸어내렸다. 나이에 비해 그다지 거칠지 않은 손이었다. 주름도 그리 두드러지지 않은 데다 손톱 또한 정갈히 다듬어져 있었다. 연구직 출신다운 손이랄까.

"그렇다면 문제가 뭐지?"

"마수들이지요. 언제나와 마찬가지로."

"놈들의 영역만 건드리지 않으면 걱정할 것 없잖아? 보아하니 북부 지역에서 거의 벗어나지 않는 것 같던데."

"그건 숲 때문이랍니다."

"숲?"

김은혜가 고개를 끄덕였다.

"이곳, 오소독스의 숲은 살아 있어요. 단순히 생명을 지니고 있는 수준이 아니라, 의지와 사념을 보유하고 있습니다."

"그러고 보니 나무들이 뿌리로 한데 연결되어 있는 것 같던데."

"네, 뿌리는 양분과 수분의 통로인 동시에 의식의 통로이기도 하지요."

"하이브 마인드란 거군."

하이브 마인드(Hive Mind), 집단 지성.

한두 그루의 나무가 지닌 지적 능력이란 참으로 별 볼 일
없는 수준이다. 그러나 그것이 수천, 수만, 수십만 그루씩 연
결된다면 얘기가 달라진다. 거대한 집단 자체가 하나의 지성
을 구성하게 되는 것이다.

오소독스 내에서 전투가 꽤나 빈번했음에도 대규모의 산
불 한 번 일어나지 않았던 것도 이 때문.

자신의 일부에 불이 붙으면 숲은 다른 곳으로부터 수분을
끌어와 화재를 진압했다. 그게 먹히지 않을 규모일 시엔 과
감히 나무 간의 연결을 끊었다.

일부분을 희생하여 나머지를 지키기 위해.

"숲은 지금껏 마수들을 막는 역할을 해왔어요. 우리를 지
키기 위해서가 아니라 자기 자신을 위해서였지만요."

"숲 자체가 마수들과 싸워왔다는 건가?"

"네, 식충 식물에 대해 아세요?"

"대강은……."

"숲 내부에는 그와 비슷한 식물들이 즐비하답니다. 물론
규모는 수천 배쯤 차이나지만요."

식물형 마수. 적시운 또한 몇 차례 마주친 적이 있었다.

"마수들, 특히나 중형 이상의 마수들은 움직이는 것만으로도 나무와 수풀을 훼손하지요. 화염을 뿜어대는 마수들은 말할 것도 없고요. 숲에 있어 마수란 필연적으로 위협일 수밖에 없는 존재예요."

"미묘한 상황이군."

숲이 있기에 블레이드 디어 같은 초식동물이 살아갈 수 있다. 그리고 마수는 그런 동물을 주식으로 삼는다. 필연적으로 숲을 침범할 수밖에 없는 것이다.

"지난 몇 년 동안 마수의 숫자는 지속적으로 증가해 왔어요. 결국 숲은 절충안을 택해야 했지요."

"절충안?"

"네, 주기적으로 한 번씩 마수들에게 길을 내주는 것이었어요."

일정 주기마다 마수들이 북부 지역을 벗어나 동부를 침범하여 사냥을 했다. 그럴 때마다 적시운은 아지트에서 한 발짝도 나가지 않은 채 대기해야 했다.

"그 이유가 이것이었군."

"하지만 그조차도 해결책은 되지 못했어요. 아직 가시화되진 않았지만, 조만간 오소독스의 숲은 마수들의 증가량을 감당하지 못하게 될 거예요."

"그 이후엔?"

"숲이 죽어가겠죠. 이곳 또한 결국은 황무지가 되어버릴 테고요."

"……."

"이를 해결하기 위한 방법은 크게 두 가지랍니다."

심호흡을 한 김은혜가 말을 이었다.

"하나는 마수들을 소탕할 수 있을 정도의 힘을 지닌 세력에 도움을 청하는 것이지요."

"마수들을 소탕한다고?"

적시운은 반사적으로 미간을 찌푸렸다. 김은혜의 설명만으로도 마수들의 규모가 대충은 짐작이 됐다. 어지간한 패거리로는 소탕 따윈 꿈도 꾸지 못할 수준. 완전 격멸을 위해선 대한민국 정규군 기준으로도 만 단위의 병력이 필요할 터였다. 게다가 무엇보다도……

"말이 안 돼. 이 정도 마수들을 쓸어낼 세력이 있을지는 둘째 치고, 설령 있다고 해도 놈들을 무엇으로 움직일 거지?"

가는 게 있으면 오는 게 있어야 하는 법. 마수 소탕을 의뢰하고자 한다면 그만한 대가를 지불해야 했다.

"그나마 먹힐 만한 조건이라면 그 녀석을 내주는 정도일까."

적시운의 시선이 세실리아에게 향했다.

"하지만 자기 세례명까지 물려준 아이를 팔아넘길 거라고는 생각되지 않는데."

"물론이에요. 그래서 적시운 님에게 두 번째 방법을 의뢰하려는 거랍니다."

3

"두 번째 방법이라고?"

적시운의 질문에 김은혜는 고개를 끄덕였다.

"네, 맞설 수 없다면 떠나는 수밖에 없겠지요. 숲이 아직 마수들을 막아주고 있을 때, 이곳을 떠나 다른 곳에 정착할 길을 찾아야 해요."

"그 정착지가 에메랄드 시타델이고?"

"네, 아무래도 이 근방에선 가장 안전한 곳이니까요."

"정말 그렇다면 왜 진작 그곳에 정착하지 않은 거지?"

"그건……."

김은혜의 얼굴이 어두워졌다.

"사실 저희들은 본디 에메랄드 시타델 출신이랍니다."

"그곳을 벗어나 여기에 정착했던 거야?"

"네."

김은혜는 우울한 미소를 지었다.

"남서부 황무지에 홀로 보석처럼 빛나는 도시. 그게 에메랄드 시타델이라고들 하지요. 하지만 그건 동전의 앞면만을 본 사람들의 얘기일 뿐이에요."

"뒷면은 다르다는 거군."

"1등 시민들은 낙원 부럽지 않은 삶을 누릴 수 있어요. 하지만 거기에 포함되지 않는 사람들은 노예와도 같은 삶을 살아야 하죠."

적시운에게 있어서도 낯설 것 없는 얘기였다. 신서울을 비롯한 지하 도시에 입주하지 못한 이들의 삶이 어떤지는 잘 알고 있었으니까.

"게다가 우리들 같은 동양 계통은 같은 하층민들에게서도 핍박받기 일쑤예요."

불평등과 핍박으로부터 오는 분노를 풀기 위해 또 다른 약자를 괴롭힌다. 새삼스러운 얘기는 아니었다.

"그 압제에서 벗어나 여기 오소독스에 정착했다는 거군."

"그래요. 그게 실수였다는 걸 깨닫는 데엔 그리 오랜 시간이 걸리지 않았지만요."

약탈자 무리와 마수들.

자유를 찾아 떠나온 그들을 맞이한 것은 또 다른 형태의 압제였다.

"처음엔 천 명 가까웠던 사람이 이제는 반의반도 남지 않았어요."

게다가 그 대부분은 노약자와 여성들. 세실리아가 사라졌을 때 저항 한번 제대로 못 하고 토마호크 클랜에게 패배한 것도 납득이 갔다.

"토마호크 클랜은 사라졌다지만 또 다른 약탈자 무리가 그들의 빈자리를 메울 테고, 마수들도 여전히 건재해요. 이 마당에 세실에게만 짐을 지울 수는 없죠."

"그래서 다시 그곳으로 돌아가겠다는 건가?"

"핍박받기야 하겠지만, 최소한 당장 죽을 걱정은 하지 않아도 될 테니까요."

"놈들이 당신네를 다시 받아주리란 보장은 있고?"

"아마도…… 언제나 부족한 것이 일손이니 문제는 없을 거예요."

"좋아. 그래서 내가 뭘 해주길 바라지?"

적시운은 사무적인 태도로 물었다. 김은혜와 이들의 사정이야 딱했지만 그가 깊이 파고들 문제는 아니었다. 자기 자신의 일만으로도 벅찬 적시운이었으니까.

그래도 크게 방해받지 않는 선에서라면 도와줄 수야 있으리라. 그 정도 여유도 없을 만큼 팍팍한 상황은 아니었다.

기분 또한 비교적 좋은 편이었다. 무엇보다 다른 이들과 달리 김은혜에게만큼은 어느 정도의 호의를 느끼고 있었고.

김은혜가 말했다.

"에메랄드 시타델의 사무국장인 조로아스터, 그자와 접촉해 주셨으면 해요."

조로아스터. 익숙한 이름이었다.

"그 작자가 사무국장이란 거군."

"네? 그와 아는 사이인가요?"

몇 마디 짤막하게 나눠본 것이 전부.

그렇게 대답하려던 적시운은 말을 삼켰다. 굳이 그녀에게 말할 필요는 없으리란 생각이 들었던 것이다.

"두어 번 이름을 들어봤어. 그보다, 그놈은 정확히 뭐 하는 녀석이지?"

"시타델의 지배자인 오스카 백작의 심복이에요. 실질적인 도시의 경영자라고 할 수 있겠지요."

"꽤나 거물이었군. 한데 당신, 그런 자와 잘 아는 사이라는 건가?"

"사이였다고 하는 편이 맞겠군요. 과거 제국의 연구원이었을 때 알고 지내던 관계랍니다."

뭔가를 숨기는 듯한 눈치. 하지만 적시운은 구태여 캐묻지 않았다.

"좋아, 당신이 보자고 한다고 전달하면 된다는 거지? 다른 놈들 말고 그 조로아스터라는 작자에게 말이야."

"네, 마을 사람들의 안전을 보장해 줄 수 있는 건 그 사람뿐이에요."

"흠."

사실 대화 자체는 지금 당장에라도 가능할지 모른다. 제이콥의 방에 통신기가 멀쩡히 남아 있었으니까. 하지만 적시운은 일단 그 얘기는 함구하기로 했다. 상황이 어떻게 변할지는 아직 알 수 없었기에.

"그 의뢰에 따르는 대가는?"

"언젠가 적시운 님이 절실히 필요로 하게 될 것. 이렇게 말씀드리면 대답이 될까요?"

"빙빙 말 돌리는 건 질색인데."

"데이터예요."

"데이터?"

"그 주머니 사이로 비어져 나와 있는 것, 아마도 다용도 PDA일 테지요?"

적시운은 움찔했다. 그 반응에 김은혜는 부드럽게 웃었다.

적시운의 손이 재킷 우측의 주머니로 향했다. 찢긴 천 사이로 미네르바의 모서리가 비죽 튀어나와 있었다.

"미국제는 아닐 테고, 한국제인가요?"

"중국제. 알맹이는 거의 미국제지만."

"그렇다면 제가 제공하는 데이터를 분석하는 것도 가능할 거예요."

"대체 그게 무엇에 대한 데이터인데?"

"현 태평양의 기후 패턴이랍니다."

"……!"

한국으로 돌아가는 길은 오직 둘 중 하나뿐. 태평양, 혹은 대서양을 건너야만 한다. 지구 중심을 뚫고 나간다거나, 남극이나 북극을 횡단한다거나 하는 황당한 방법을 제외한다면 말이다.

그리고 마수들의 창궐 이래 지구의 기후는 더 이상 과거와 같지 않게 됐다.

한마디로 표현하자면 완벽한 혼돈.

혹한 지대 한가운데에 사막이 생겨나기도 했고, 열대 지방을 얼음 폭풍이 쓸고 지나가기도 했다.

바다 위 상공 또한 마찬가지.

언제 어디서 어떤 기후를 만날지는 알 수 없었다.

'하지만 만약 그 패턴이 기록된 자료가 있다면?'

한마디로 김은혜는 장차 적시운에게 가장 필요하게 될지도 모르는 정보를 제공하겠노라 말하고 있는 것이었다.

그렇기에 덜컥 미끼를 물기가 꺼려졌다. 이건 지나칠 정도로 솔깃한 조건이 아닌가.

"일단 몇 가지만 좀 묻지. 당신이 말하는 데이터는 북미 제국의 것인가?"

"한때는 그랬지요."

"지금은 아니라는 뜻이야?"

"네, 제국의 수뇌부가 봉인해 버렸으니까요."

"봉인했다고?"

고개를 끄덕인 김은혜가 설명했다.

"간단히 말씀드리자면 제국은 외부 세력과의 접촉을 극도로 꺼리고 있어요."

"쇄국정책의 일환이란 건가? 당신은 그 데이터를 몰래 빼돌린 거고?"

"정확히 보셨어요."

"그 말대로라면 상당히 중요한 데이터란 소리인데. 그런 걸 왜 당신 같은 사람이 가지고 있지?"

"저 같은 사람이기에 가지고 있을 수 있었다고 대답해 드리면 될까요?"

"……."

북미 제국의 연구원 출신이라면 그럴 법도 하다는 생각이 들었다. 물론 그것만으로는 의심을 모두 떨치기엔 부족했지만.

김은혜는 나직이 한숨을 쉬었다.

"사실 이건 조로아스터와의 거래를 위해 아껴놓은 최후의 카드예요. 자세한 내용을 설명해 드리긴 어렵지만, 가치가 있으리란 것만은 보장할 수 있어요."

"놈과의 거래를 위한 물건이라면 내게 넘겨선 안 되는 것 아닌가?"

"복사본이야 얼마든지 만들 수 있으니까요."

"······그렇기는 하지."

"적시운 님의 최종 목표는 한국으로 돌아가는 것이겠지요. 제가 지닌 데이터가 큰 도움이 될 거예요."

적시운은 나직이 혀를 찼다.

"이래서 사적인 얘기는 함부로 하는 게 아닌데."

"후후후."

"어쨌거나 꽤나 인상적이라는 건 인정하겠어. 그렇다고 덜컥 믿는 건 머저리나 하는 짓이겠지."

"그렇겠지요."

"당신이 지금까지 한 말을 증명할 수 있나? 그 데이터라는 걸 보여줄 수 있어?"

"물론이에요."

김은혜가 낡은 USB 메모리를 내밀었다. 적시운은 물끄러미 그것을 응시했다.

"이건······."

"말씀드린 데이터가 담긴 USB예요. 사본이긴 하지만 원본과의 차이는 없답니다."

"내가 이것만 챙기고 가버리면 어쩔 생각이지?"

"은인께 드리는 선물이라고 생각할 거예요. 어차피 의뢰
착수금 대신으로 드릴 생각이었고요."

"사람을 그렇게 쉽게 믿는 성격은 아니라고 보는데."

"다른 사람이 아닌 적시운 님이기에 드리는 거랍니다."

"……."

적시운은 USB 메모리를 받아 들었다.

"포트 단자가 맞지 않을 것 같은데."

"에메랄드 시타델에 가면 데이터를 추출해 PDA에 옮겨
담을 수 있을 거예요."

적시운은 고개를 끄덕였다.

"미리 말해두지만, 반드시 의뢰를 수행할 거라고는 약속
할 수 없어. 상황이 어떻게 꼬일지는 알 수 없는 거니까."

"알고 있어요. 저희로서도 그 이상 바라는 건 몰염치한 일
일 테죠."

"……숲이 황폐화될 때까진 얼마나 걸릴 것 같은데?"

"제 계산상으로는 10년 이내지만, 더 짧아질 가능성도 충
분히 있어요."

"아주 여유가 없는 건 아니군. 잘 알았어."

적시운은 자리에서 일어났다. 김은혜의 시선이 그를 따
랐다.

"언제 떠나려 생각 중이신가요?"

"내일 아니면 모레. 여기에 오래 머물러 봐야 좋을 것도 없고."

"그럼 이걸 가져가세요. 도움이 될 거예요."

손때가 잔뜩 묻은 지폐 뭉치였다. 꽤나 소중히 보관했던 듯 상태가 제법 양호했다.

"이건……?"

"엠파이어 달러, 북미 제국의 화폐예요. 황무지에서도 대체로 통용될 거예요."

"병뚜껑 같은 걸 화폐로 쓸 줄 알았는데, 그 정도는 아닌 모양이군."

"부자는 망해도 삼대를 간다잖아요. 북미 제국은 적시운 님의 생각 이상으로 건재하답니다."

그녀가 적시운의 손 위에 지폐 뭉치를 올려놓았다.

"받으세요."

"……."

마치 할머니가 몰래 모아둔 용돈을 받는 듯한 느낌. 적시운은 떨떠름한 기분에 지폐를 선뜻 챙기지 못했다.

"가져가세요. 어차피 저희에겐 쓸모없는 종이에 불과해요."

"그건 그렇긴 한데……."

"은인인 적시운 님에게 보답조차 변변히 못 했어요. 이렇게라도 감사를 표하고 싶어요."

"이미 USB를 줬잖아?"

"그건 의뢰 착수금이지요. 이건 제 마음의 표시예요."

"그렇다면 알았어."

적시운은 결국 지폐 뭉치를 주머니에 집어넣었다.

빙긋 미소를 지은 김은혜가 말했다.

"의뢰라고 해서 너무 부담 갖지는 않으셨으면 좋겠어요."

"……그 말 때문에 더욱 부담되는데."

"어머나, 그런가요?"

몰랐다는 듯 소리 없이 웃는 김은혜. 확실히 연륜이 있다
보니 사람 다루는 법을 아는 느낌이었다.

"토마호크 클랜이 멸망했습니다."

마천루 최상층.

비슷하기는커녕 발끝에나마 닿는 빌딩 하나 없어 탁 트인
창밖으로는 하늘만이 가득했다.

그 아래로 아득히 펼쳐진 것은 시가지의 전경. 빌딩의
높이가 높이인지라 시가지는 마치 미니어처 장난감처럼 보
였다.

그 너머 멀찍이 존재하는 것은 장장 50㎞에 달하는 원형 성벽. 에메랄드 시타델은 황야 한가운데 우뚝 선 인간의 자존심이었다.

그리고 이곳은 그 심장과도 같은 70층 높이의 빌딩, 스트롱홀드. 백작의 아성이었다.

"토마호크 클랜이라. 우두머리가 제이콥 토마호크였던가?"

"그렇습니다."

"수차례 노예를 팔아넘겼던 걸로 기억하는데. 본래는 네가 거느린 전투원 중 하나였지, 아마?"

"예, 도중에 탈영하긴 했습니다만."

"공식적으로는 말이지."

날카로운 외관의 중년인, 조로아스터는 씩 웃었다.

"예."

시타델의 정규군 소속이었으나 탈영, 오소독스 근방의 약탈자 잔당을 규합해 토마호크 클랜을 창설.

서류상으로 묘사된 제이콥 토마호크의 행적이었다.

아마 제이콥 본인도 그렇게 생각했었을 것이다. 자신의 능력으로 자유를 쟁취하여 클랜의 지배자가 됐노라고.

그러나 이는 어디까지나 조로아스터가 눈감아줬기에 가능한 일이었다. 애초에 일개 탈영병 따위가 군용 기간틱 아머를 탈취할 수 있었던 것부터가 상부의 묵과 없인 불가능한 일이었다.

"자기 동족들과 함께 탈주한 김은혜를 조용히 데려오기엔 최적의 인재라고 생각했었지요. 그렇기에 놈의 탈영과 그 이후의 행적도 눈감아주었고 말입니다."

"그리고 놈은 자네가 맡긴 일을 수행해 왔다는 거지. 노예 상으로서 말이야."

"예."

"하지만 그간 보고받은 바에 의하면, 결국 그녀를 회수하지 못했던 것으로 아는데. 최근까지도 말이야."

"그렇습니다."

짤막한 침묵이 방 안에 흘렀다.

"클랜이 멸망한 이유는? 역시 마수들의 공습인가?"

"간접적인 영향이 있을 수는 있으나 직접적인 원인은 아닙니다."

"무슨 뜻이지?"

"자신이 클랜을 파멸시켰노라 주장하는 자와 통신을 나눴습니다. 제이콥 토마호크의 통신 채널이었지요."

"……."

"놈이 제법 당돌한 소리를 지껄이더군요."

"말해보도록."

"이곳으로 직접 찾아와 백작님을 직접 만나겠노라고 지껄였습니다."

에메랄드 시타델의 지배자, 오스카 백작은 소리 없이 웃었다.

"자네 계획을 망쳐 놓은 다음은 나를 만나겠다는 건가. 재미있는 놈이군."

"어찌 처리할까요?"

"내버려 둬. 찰나의 유흥거리쯤은 될 수 있을지도 모르니."

"알겠습니다, 각하."

"그보다, 슬슬 오소독스에 병력을 파견할 때가 된 것 같군."

"예."

조로아스터는 입맛을 다셨다.

그는 그들이 얼마 지나지 않아 자멸할 거라 생각했다. 자멸하지 않아도 마수들이나 토마호크 클랜에게 당할 거라 생각했다. 하지만 놈들은 끈질기게 살아남았다. 그녀 또한 마찬가지일 테고.

마수들이 아직 남아 있다고는 하나 마냥 손 놓고 있을 수만은 없었다.

"조만간 계획을 편성해 올리겠습니다."

제6장
황야의 무법자

1

적시운은 이튿날 아침 일찍 제이콥의 방을 다시 찾아가 봤다. 통신기는 완전히 두절된 상태였다. 조로아스터 측에서 연락망을 끊어버린 모양이었다.

"찾아올 테면 찾아와 보라는 건가?"

그래 주마.

적시운은 속으로만 중얼거렸다.

잠시 후, 적시운은 마을 어귀에 서 있었다. 연료와 무기, 탄환과 소모품을 잔뜩 실은 트럭과 함께.

물자는 넉넉했다. 중원 무림을, 아니, UN 연구소를 떠나온 이래 처음이었다. 그렇다고 마냥 안심이 되는 건 아니었지만 최소한 싸울 준비는 갖췄다고 할 수 있었다.

"상대가 무엇이 됐든 간에 말이지."

기름과 탄약 냄새를 맡고 몰려들 약탈자 나부랭이들, 황야를 어슬렁거리는 마수들, 그 외에도 존재할지 모를 수많은 위협 그 모두를 예측한다는 것은 불가능했다. 북미 대륙의 황무지는 적시운에게 있어서도 미지의 땅이었으니까.

"그나마 의지할 만한 건 이 녀석뿐인가."

적시운은 주머니 속의 미네르바를 꺼내 보았다. 지문투성이 화면에는 뉴 텍사스의 지도가 반짝이고 있었다.

"뭐, 무섭다고 여기 틀어박혀만 있을 수도 없는 일이겠지."

나직이 중얼거린 적시운이 운전석에 오르려는 찰나였다.

"지금 가시려고요?"

"응, 지금 바로 출발할 거다."

적시운은 돌아보지 않고 대꾸했다. 나름대로 선을 긋는 행동이었으나 목소리의 주인은 만족하지 못한 듯했다.

"같이 가게 해달라고 한다면, 역시 거절하시겠죠?"

"응."

"제가 싫기 때문에요?"

"아니, 네가 자칫 내 차에 불이라도 지르면 큰일 나잖아."

"시, 실수로라도 그런 짓은 하지 않아요."

세실리아가 얼굴을 붉혔다.

"알아. 말이 그렇다는 거지. 게다가 넌 이곳의 유일한 전력이잖아. 네가 없어지면 한 달도 못 가 여기 사람들은 몰살당할걸."

"그건…… 저도 잘 알아요."

세실리아는 고개를 떨어뜨렸다. 적시운은 그녀를 외면한 채 말을 이었다.

"네 나름대로 압박과 부담감이 상당하리라는 건 나도 안다. 비슷한 경험을 해보기도 했고."

"오빠도요?"

"그래, 최소한 저 마을 사람들보다는 잘 알걸."

누군가의 의지가 되고 힘이 될 수 있다는 것. 좋은 일이다. 그러나 그것도 한도를 넘어서기 전까지의 얘기일 뿐. 수많은 이의 목숨이 자신에게 달려 있다는 부담감은 겪어보지 않은 이는 결코 알 수 없는 것이었다.

김은혜가 에메랄드 시타델로 돌아가기로 결심한 데엔 이런 이유 또한 포함되어 있을 터였다.

성년이 채 되지 않은 여자아이에게 모든 부담감을 지운다는 건 또 다른 형태의 폭력이나 다름없었다. 그렇다고 점잔만 뺄 수도 없는 마당. 그녀가 없었다면 이들 무리는 이미 오래전에 몰살됐을 것이다. 결국 누구 하나를 콕 집어 비난할 수 없는 상황이었다.

"너 같은 입장에 있는 사람에겐 어떤 격려도 소용없다는 것도 잘 알고 있지. 그래서 미안하지만 네겐 해줄 조언은 아무것도 없어. 해봐야 별 도움이 되지 않을 테니까."

"……가차 없으시네요, 정말."

"뭐, 막말로 내가 같이 가자고 한다고 해서 정말 따라올 것도 아니잖아?"

"그건……."

세실리아는 고민에 빠진 듯 한동안 침묵했다.

"역시, 그러긴 어려울 것 같아요. 다들 제게 있어선 가족 같은 사람들이에요."

"잘 생각했어. 나 같은 놈 따라간다고 팔자 펼 것도 아니니 말이야."

운전석에 오른 적시운이 시동을 켰다. 트럭은 거친 배기음을 토하며 기지개를 켰다.

"어제 큰할머니랑은 무슨 얘기를 하셨어요?"

"나한테 청혼하더군. 그래서 거절했지."

"거짓말하는 데엔 정말 소질이 없으시네요."

"믿기 싫으면 믿지 마."

시큰둥하게 대꾸한 적시운이 문을 닫았다. 그사이 세실리아는 반대편으로 쪼르르 달려가선 조수석에 올랐다.

"이봐."

"도시 경계선까지만 같이 가요. 네?"

적시운은 차마 거절할 수가 없었다. 강아지처럼 동그란 눈으로 올려다보는 세실리아가 귀여워서가 아니라, 자칫 수틀린 그녀가 불이라도 지를까 무서워서.

"A랭크 화염술사란 거지."

"네?"

"아무것도 아냐."

트럭이 거칠게 땅을 차내며 나아갔다.

세실리아는 약속을 지켰다. 도시의 경계선, 예전엔 인터체인지였음을 겨우 확인할 수 있는 위치에서 그녀는 내려섰다.

"정말 혼자 가셔도 괜찮으시겠어요?"

적시운은 대답 대신 자그만 수통을 내밀었다. 세실리아는 고개를 저어 거절했다.

"괜찮아요. 가서 마시죠, 뭐. 마을까지 날아가면 금방이에요."

"날 추격해 오던 때처럼?"

"네."

대답한 세실리아가 빙긋 웃었다. 딱히 웃음이 나올 법한 기억도 아닐 텐데 희한하다 싶었다.

"왜 제가 오빠를 믿게 됐는지 아세요?"

"……?"

"그때, 저한테서 달아나던 도중에 말이에요. 기억하세요?"

"도중이라면 언제?"

"운전석에 있던 뚱뚱한 남자가 도망친 다음에요."

적시운은 어렵잖게 기억을 떠올렸다.

"네가 그놈 머리를 구워 버렸을 때 말이군."

"굽진 않았어요. 죽지 않을 정도로 열을 가했을 뿐이죠."

약간의 온도 변화만으로도 치명적인 뇌손상을 불러일으킬 수 있다. 아마 그 돼지는 그 자리에서 죽었을 터. 물론 즉사를 면했다 해도 토마호크 클랜이 박살 날 때 황천길에 올랐으리라.

그렇게 설명하려던 적시운은 관두기로 했다. 주절주절 떠드는 건 성미에 맞지 않았다.

"어쨌든 그때 뭐가 어쨌기에?"

"오빠가 운반하던 감옥이 땅을 찍었었잖아요?"

그랬었다. 모래가 파도처럼 치솟았었고, 적시운은 세실리아의 화망에서 벗어날 수 있었다.

"그때 자칫하면 언니들이 크게 다칠 뻔했어요."

"······그랬었지."

미끼로 쓰였던 여인들. 감옥 바닥을 제외한 다섯 면이 휑했으니 치솟아 오른 모래에 부딪혀 다칠 수도 있었다.

"그때 오빠가 염동력을 발해 감옥 주변에 배리어를 펼쳤었죠? 그 덕에 언니들은 다치지 않았어요."

"그랬던가?"

적시운은 애매한 태도로 중얼거렸다. 여인들이 다치지 않았던 걸 보면 확실히 배리어를 치긴 쳤었던 모양이다. 그녀들을 지키기 위해서라기보다는 자기 몸 주위에 펼치는 김에 겸사겸사 감싼 것이었겠지만.

"그때 느꼈어요. 이 사람은 지금까지 싸워온 자들과는 조금 다르구나 하고요."

"다를 것 없어. 나 역시 놈들처럼 널 죽이려 했으니까."

"싸워야만 하는 입장이었잖아요. 집으로 돌아가기 위해서."

적시운은 미간을 살짝 찡그렸다. 김은혜가 그녀에게 말한 걸까 싶었다.

"사실······."

세실리아가 황급히 덧붙였다.

"어젯밤에 깨어 있었어요. 정확히는 도중에 깨었다고 해야겠네요."

"도중에 깨어서는 계속 자는 척하고 있었다고?"

"네, 깨어난 걸 알면 오빠가 그냥 가버릴까 봐서요."

할 말이 없었다. 확실히 그녀 말마따나 깨어난 걸 알았다면 거기서 대화를 끝냈을 것이다.

"어쨌든 오빠는 그 인간 사냥꾼들과 달라요. 재미로 사람을 해치지도 않고, 타인의 고통을 보며 즐거워하지도 않아요. 무엇보다 무고한 이들을 최대한 보호하려 했어요."

"......"

"그 언니들, 다행히 모두 무사해요. 자세한 사정을 몰라서 오빠를 무서워하긴 하지만요."

그럴 만도 했다. 자신들을 인질로 써먹은 인간이니. 적시운이 같은 입장이었대도 별반 다르지 않았을 것이다.

"그래도 전 알아요."

뭔가를 더 말하려던 세실리아가 입을 다물었다. 그녀는 살짝 붉어진 얼굴로 고개를 꾸벅 숙이고는 몸을 돌려 달려갔다.

"......"

그녀에게서 눈을 뗀 적시운은 바로 시동을 넣었다.

에메랄드 시타델의 위치는 오소독스의 동쪽. 직선거리는

대략 200㎞였다.

그곳까지의 루트는 크게 세 가지였다.

하나는 직선으로 나아가는 것. 이 경우 사막지대를 통과하게 된다. 가장 짧은 길이긴 하지만, 가장 빠른 길이라고는 할 수 없었다.

[사막지대에 서식하는 마수 중 확인된 종은 23가지입니다.]

"B랭크 이상만 나열해 봐."

[B랭크 이상의 마수는 총 7종입니다. A랭크의 에픽 그레이트 샌드웜. BBB랭크의 아크 스콜피온. BB랭크의 블러드 레이븐…….]

"에픽 레벨의 마수까지 있단 말이야?"

방사능, 혹은 블랙 링의 영향으로 인해 한 차례 진화한 단계의 마수. 이를 에픽 레벨 마수라고 불렀다.

이들의 공통적인 특징은 이능력 및 방사능 저항력이 높다는 것. 전투력 자체는 비에픽 마수와 크게 차이가 나지 않았지만, 저 차이점 때문에 체감 난이도는 압도적으로 높았다.

일개 개인이 상대하는 것은 사실상 불가능. 최소 대대 규모의 병력과 재래식 병기까지 동원해야 했다.

물론 적시운에겐 그 어느 것도 없었다.

"사막 통과는 포기."

깔끔하게 결론을 내리니 남은 길은 둘이었다.

북쪽으로 돌아가거나, 남쪽으로 돌아가거나.

북쪽엔 협곡이 있었고 남쪽엔 호수가 있었다. 물론 호수란 단어를 듣고 흔히 떠올릴 법한 그런 곳은 아니었다.

"방사능 호수라는 거지."

[트래비스 호수. 대마수 전쟁 당시 핵 폭격이 있었던 곳입니다. 호수 전역에 깔린 방사능으로 인해 자세한 정보는 입수하지 못했습니다.]

"아무것도?"

[제국력 21년에 탐사대가 파견되었습니다. 총 352명으로 이루어진 인원 중 무사 귀환한 사람은 12명이었습니다. 그들의 증언에 비추었을 때 호수 근역에 서식하는 마수들은 최소 BBB랭크 이상의 에픽 레벨로……]

"됐어. 더 설명하지 않아도 될 것 같아."

적시운은 호수 또한 선택지에서 지웠다. 사막보다 더하면 더했지, 덜하진 않을 것 같았다.

　"결국 남는 건 협곡뿐이란 건데."

　알폰소 협곡. 미네르바는 그렇게 설명하고 있었다.

　[해발고도는 평균 1,092m. 확인된 인간 집단의 숫자는 5개입니다. 그 외에도 20여 종의 마수가 서식하고 있으며, 무허가 촌락이 다수 분포되어 있습니다.]

　"무허가 촌락?"

　[황제 폐하의 윤허 없이 생겨난 불법적인 마을입니다. 무법지대인지라 양식 있는 제국인의 출입을 권장하지 않습니다.]

　"양식 있는 제국인이라."

　적시운은 피식 웃었다.

　"제국제 소프트웨어를 깔아서 그런지 이런 웃기는 소리도 듣게 되는군. 이러다 황제 찬양가까지 부르는 것 아냐?"

　[검색 완료.]

　[황제 폐하의 미덕과 고귀함을 칭송하는 가곡은 모두 125개입

니다. 어느 것을 재생할까요?]

"……됐어. 아무것도 하지 마."

탄생한 지 30년밖에 되지 않은 국가 주제에 황제 찬양곡만 100개가 넘어가다니. 프로파간다 수준이 장난 아니다 싶었다.

"그나저나…… 약탈자들이 득실거리는 곳이 가장 안전하다는 거군."

5개의 인간 집단이 의미하는 바야 뻔했다. 토마호크 클랜 같은 것이 5개나 존재한다는 뜻일 터. 놈들에게 있어 적시운은 먹잇감에 불과할 것이다. 트럭을 발견한다면 피 냄새를 맡은 늑대 떼처럼 몰려들 것이 분명했다.

"그렇더라도 가 보는 수밖에."

황무지의 밤은 빠르게 찾아왔다. 바람결이 심상찮다 싶더니 자정이 넘어갈 즈음엔 모래 폭풍이 불어닥쳤다.

적시운은 로프와 말뚝을 이용해 트럭을 고정한 뒤, 기둥들을 세우고 방수포를 쳐 간이 텐트를 완성했다. 그 안에 들어가서는 염동력을 발휘, 텐트를 고정했다.

"미친 듯이 몰아치네."

투두둑! 투두두둑!

몰아치는 바람이 무시무시한 기세로 방수포를 후려쳤다. 바람을 타고 날아든 황야의 흙이 텐트 위로 눈발처럼 쌓였다. 나중엔 그로 인해 천장의 일부가 움푹 가라앉았다. 적시운은 급히 염동력을 발하여 흙과 모래를 흩어냈다.

모래 폭풍은 새벽녘이 되어서야 멎었다. 그대로 날밤을 새운 적시운은 기진맥진한 채로 선잠이 들었다.

깨어나서 텐트 밖으로 나와 보니 모래 더미에 함몰된 형국이었다. 적시운은 재차 염동력을 발하여 흙모래를 날려 보냈다.

이어서 트럭 상태를 살폈다. 다행히 엔진에는 모래가 들어가지 않은 듯했다.

"진짜 황무지의 신고식이라는 거군."

모래 폭풍은 이틀에 한 번꼴로 찾아왔다. 어떨 때는 사흘 가까이 이어져서 한 발짝도 움직이지 못할 때도 있었다. 그럴 때마다 적시운은 텐트 중앙에 앉은 채 명상을 청했다. 가능하다면 운기조식을 하고 싶었지만, 외부 상황에 신속히 대처해야 하기에 포기했다.

대신 머릿속으로 여러 작업을 수행했는데, 천마신공의 개념 정립 역시 그중 하나였다.

2

천마신공의 개념을 도식화하면 육망성의 형태가 되었다.

별의 정중앙은 심법. 천마결(天魔訣)이라 이름 붙인 것으로, 천마신공의 뿌리이자 기반이었다.

여섯 모서리는 이로부터 파생되는 각기 다른 무공을 뜻했다. 기본 중의 기본이자 가장 중요하다고 할 수 있는 것들로, 이는 또다시 두 부류로 나뉘었다.

권법, 검법, 보법의 삼법.

독공, 외공, 경공의 삼공.

각 무공이 아우르는 범주는 상당히 포괄적으로, 예컨대 권법인 천랑권(天狼拳)은 단순한 주먹질뿐 아니라 수법, 조법, 장법, 지법의 묘리까지 내포하고 있었다.

검법인 천마검(天魔劍) 역시 마찬가지. 약간의 변형만으로 창법 및 도법, 나아가 암기술에까지 이르는 응용이 가능했다.

"융통성이야말로 본좌의 신조거든."

천마는 여느 때처럼 유들유들하게 말했다.

"어쩌다 보니 권식 일초인 천랑섬권부터 익히긴 했네만, 자네에게 우선적으로 권하고 싶은 것은 보법인 천하보(天下步)일세."

"어째서?"

"그러는 편이 가장 효율이 좋네."

"……뭔가 상당히 성의 없는 대답인데."

"보법과 각 무공의 상관관계를 구구절절 설명할 수도 있겠지만, 어차피 듣는 입장에선 지루하기만 할 것 아닌가?"

"그야 그렇지만."

사실 적시운이 관심을 두는 쪽은 따로 있었다.

"한데 이거, 독공 말인데."

"천룡혈독공(天龍血毒功) 말인가?"

"그래, 그거. 보아하니 독을 이용한 공격보다는 방어에 집중된 무공 같은데."

"제대로 보았네. 대성할 수만 있다면 능히 만독불침의 경지에 다다를 수 있지."

"만독불침?"

"세상 그 어떤 독에도 해를 입지 않는다는 뜻일세."

"그럼 방사능에도 면역이 될까?"

의외의 한 방에 천마가 움찔했다.

"……그건 본좌도 모르겠네만."

하기야 그럴 것이다. 과거의 무림인이 방사능을 접하기나 해봤을까.

엄밀히 말하자면 방사능을 독으로 분류하기도 애매했다.

물론 그런 것은 알 바 아니었다. 적시운은 간만에 찾아온 기회를 놓치고 싶지 않았다.

천마에게 한마디 쏘아붙이는 기회를 말이다.

"그 어떤 독에도 피해를 받지 않는다며?"

"음……."

"말만 그렇다는 거군. 하여간 당신네 허풍은 알아줘야 한다니까."

"……."

"하여간 면역이 되는지 아닌지는 직접 확인해 봐야 한다는 거군."

한국은 공식적으로 핵 피해를 입은 적이 없었다. 대마수 전쟁 발발 이후 신속하게 핵 시설들을 폐기했던 까닭이다.

물론 이는 어디까지나 기록상의 얘기일 뿐. 마수들에 의해 핵폐기물들이 누출되어 강원도 및 경상북도 동부에 방사능이 쫙 깔려 버렸다. 때문에 해당 지역에서의 작전은 특히나 까다로웠다. 방사능은 곧 마수에게 있어선 강화제이며 인간에게 있어선 극독이었다.

에픽 레벨을 달성한 마수로 인해 얼마나 많은 희생을 치러야 했던가.

그것은 이곳 역시 마찬가지일 터. 방사능 대책은 필수였다.

"정말 만독불침이든 아니든 지금 당장은 무리겠지만."

"그렇다네. 우선은 주춧돌부터 확실히 쌓는 것이 중요하네. 모든 일에는 순서가 있는 법이니 말이야."

"그래, 걸음마 전에 숨쉬기 운동부터 해야 한다는 거지."

아직 심법조차 제대로 익히지 못했다. 독공은커녕 보법을 익힐 준비도 되지 않은 것이다.

나직이 투덜거린 적시운은 명상에서 빠져나왔다. 천마의 망령은 더 이상 운기조식 때만 등장하지 않았다. 명상을 할 때나 꿈속에서도 별안간 나타나고는 했다.

"정신병 아닌가 모르겠군."

이런 걸 망상 장애라고 하던가?

그래도 심심하진 않으니 다행이라고, 긍정적으로 생각하기로 했다.

"……!"

날카로운 바늘이 관자놀이를 찔러드는 느낌.

적시운은 눈을 떴다. 새벽녘이었다. 모래 폭풍이 멎은 직후. 흙무더기에 뒤덮인 탓에 텐트 안은 완연한 어둠뿐이었다.

날카로운 감각의 정체는?

텐트 바깥. 그리 멀지 않은 곳에 생명체가 있었다.

'인간? 그게 아니면 마수?'

자세한 확인은 어려웠다. 거리가 상당하여 존재만 겨우 감지했을 뿐이었다. 어느 쪽이 됐든 우호적이리라 생각하지 않는 편이 좋았다.

적시운은 잠기운을 몰아내며 생각했다.

'우선은 상황 파악부터.'

트럭과 텐트는 통째로 모래 속에 파묻혀 있었다. 적시운은 텐트를 살짝 들추고는 모래 사이에 땅굴을 파 바깥으로 나왔다. 어둑어둑한 하늘 아래 미약한 불빛이 있었다. 모닥불이었다. 그 주위로 대여섯 명이 옹기종기 모여 있었는데, 하나같이 소총으로 무장을 했다.

이쪽을 발견하진 못한 모양. 하기야 멀리서 보자면 그저 흙무더기에 지나지 않을 테니 그럴 만도 했다.

'이능력자는 없다.'

기습하면 필승이다. 난이도도 낮다. 건질 만한 건 낡은 총 몇 정과 녹슨 탄환뿐이겠지만 없는 것보단 나았다.

가책은 딱히 없었다. 죽여야 할 이유를 찾고자 애쓸 필요도 없었다. 마음만 먹는다면 그런 것쯤은 산더미처럼 쌓아둘 수도 있었다.

이곳은 그런 세계, 황무지이기에.

멈칫.

염동력으로 먼저 치고 들어가려던 적시운이 급히 멈추었다. 뒤늦은 가책이나 도덕심이 찾아온 것은 아니었다. 제동을 건 브레이크의 이름은 '이질감'이었다.

'뭔가 이상하다.'

갓 모래 폭풍이 지나간 자리에 모닥불을 피운 채 야영하는 무리. 텐트 하나 없으며 소총 몇 정을 제외하면 변변한 무기조차 소지하지 않았다. 무엇보다 움직임이 지나치게 경직되어 있었다. 일어나는 사람 하나 있을 법한데, 하나같이 모닥불을 빙 두른 채 앉아 있을 따름이었다.

적시운은 정신을 집중했다. 감지력에 힘을 쏟자 한층 디테일한 관찰이 가능했다.

저들은 소총을 쥐고 있는 게 아니었다. 낡은 소총은 테이프를 통해 손아귀에 묶여 있었다. 몸통과 입 부근 또한 마찬가지. 그저 멍청히 앉아 있는 게 아니라, 누군가에 의해 결박당해 있는 것이었다.

'그렇다면 누가?'

적시운은 모래 언덕에 엎드린 채 생각했다.

'무엇을 위해?'

첫 의문은 해결할 수 없었지만 둘째 의문은 금세 해소되었다. 모래 구릉이 통째로 흔들리기 시작했던 것이다.

쿠구구구.

모래 언덕이 한 방향으로 쏠리기 시작했다. 모래가 적시운이 있는 방향을 향해 우수수 흘러내렸다. 적시운은 자세를 한층 낮추고 후드를 뒤집어썼다. 혹여나 위치를 감지당할 수도 있기에 배리어는 얼굴 근처에만 희미하게 둘렀다.

퍼엉!

모닥불 근처의 땅이 폭발하듯 솟구쳤다. 그곳으로부터 거대한 원통형의 몸뚱이가 치솟아 올랐다.

'그레이트 샌드웜(Great Sandworm)!'

에픽 레벨은 아니다. 그렇더라도 싱글 A랭크를 자랑하는 대형 마수. 쉽사리 상대할 수 있는 개체는 결코 아니었다.

적시운은 삽시간에 모든 걸 이해했다.

'저들은 미끼였다.'

낚으려는 대상은 물론 그레이트 샌드웜.

그렇다면 낚시꾼은 어디에 있을까?

적시운은 그제야 새벽녘임에도 주변이 어둑어둑하다는 걸 깨달았다. 원인은 상공을 뒤덮은 먹구름이었다. 무언가를 숨기기에 충분한.

화악.

구름을 헤치며 두 줄기의 헤드라이트가 내리꽂혔다. 거대한 비행선이었다. 족히 세 자릿수의 인원을 수용할 수 있을 법한 규모. 형태는 납죽 엎드린 꽃게와 비슷했다. 졸지에 빛에 노출된 그레이트 샌드웜이 신경질적으로 반응했다.

크워어어어!

분노한 마수는 모닥불 주변의 미끼들을 후려쳤다. 질주하는 전철이 유연하게 커브를 돌 수 있다면 저렇지 않을까 싶은 광경이었다.

"으으으읍!"

"으읍!"

테이프로 입이 막혔음에도 처절한 비명을 토해내는 미끼들.

샌드웜이 땅을 내리찍자 그들의 몸이 허공으로 떠올랐다. 그레이트 샌드웜은 그 추락 지점으로 아가리를 가져갔다.

콰드득!

수십 개의 이빨이 달린 아가리가 미끼들을 거칠게 씹어 삼켰다. 사방으로 피가 튀어 메마른 모래에 흡수됐다.

그사이, 구름을 뚫고 나온 비행선에서 몇 개의 물체가 하강했다. 폭탄이라기엔 지나치게 큰 그것은 분명 기간틱 아머였다.

두두두두!

비행선에 달린 기관포가 연신 불을 뿜었다. 50구경 이상으로 보이는 탄환은 유효한 대미지를 입히진 못했지만, 샌드웜의 주의는 확실히 끌었다.

쿠워어!

분노한 샌드웜이 구멍 속으로 숨어드나 싶더니 돌연 환절을 쳐올리며 허공으로 솟구쳤다.

근 30m에 이르는 거대한 몸통이 비행선을 향해 날아올랐다. 거의 지상에서 500m 가까이 치솟은 모양새는, 눈으로 보는데도 믿기지 않는 광경이었다.

그러나 비행선에 닿지는 않았다.

그레이트 샌드웜이 치솟은 그대로 추락했다.

쿠과과광!

추락한 샌드웜이 그대로 광란했다. 고통이 아닌 분노 때문이었다.

그사이 착륙한 기간틱 아머들이 삼각편대를 갖췄다. 그 후방으로 일련의 인간 무리가 내려섰다. 그 숫자는 대략 40인. 전형적인 공격대(Raiders) 규모였다.

'마수 사냥꾼들이군.'

마수 사냥꾼. 문자 그대로 마수 사냥을 밥벌이로 삼은 자들이다.

이윤 창출 경로는 크게 둘.

하나는 국가, 집단, 혹은 개인이 내거는 퀘스트를 해결하는 것. 그럼으로써 수당을 챙기는 것이다.

다른 하나는 마수 사체에서 돈 될 거리를 찾아내는 것이었다. 작게는 가죽과 내장에서부터, 크게는 생체 전지인 코어(Core)까지. 마수는 생각 이상으로 돈 될 거리가 많았다.

물론 쉬운 삶은 아니었다. 누구나 사냥꾼이 될 수 있었으나, 아무나 사냥꾼으로서 살아갈 수 있는 건 아니었다.

마수 사냥은 대체로 목표물의 랭크에 따라 세분화된다. 사냥감이 지닌 능력과 힘에 따라 이를 잡으려는 인간들의 규모 또한 달라지는 것이다.

S랭크 이상, 최강 레벨의 마수들을 사냥할 때는 수백에서 수천 규모의 전력이 필요하다.

최소 500인 이상으로 구성된 사냥꾼 집단을 군단(Legion)이라 지칭한다. 그 이하, 최소 40에서 100명 사이의 집단은 공격대로 분류된다. 그보다 작은 최소 단위, 10명 미만의 집단은 파티(Party)라 불린다.

지금 이들은 전형적인 공격대. A랭크 마수를 사냥하기에 적당한 규모였다.

쿠오오오!

"놈이 온다! 엉덩이골에 힘 꽉 주고 막아!"

리더로 보이는 사내의 외침에 세 기간틱 아머가 앞으로 나섰다.

"준비는 됐나, 서브 탱커들?"

"떠들 여유 있으면 대장 말대로 엉덩이에 힘이나 주셔. 무섭다고 지리지 말고."

"두 사람 다, 사냥 중엔 잡담 금지다."

되는대로 지껄이면서도 능숙하게 자세를 잡는 기간틱 아머들.

쇄도해 온 그레이트 샌드웜이 3기의 보행형 중전차와 충돌했다.

쿠구구궁!

주르륵 밀려나면서도 차츰 샌드웜의 기세를 늦추는 기간틱 아머들. 배후에 있던 이들이 병장기를 겨눌 여유를 충분히 벌어주었다.

"지금!"

리더의 명령에 따라 공격이 개시됐다.

처음은 원거리 사격. 이온 블라스터와 대구경 철갑탄이 샌드웜을 향해 집중됐다.

파파파팍!

샌드웜의 표면에 크고 작은 상흔들이 생겨났다. 깊지는 않아도 출혈을 일으키기엔 충분한 타격이었다. 일방적인 공세가 이어지는 것도 잠시, 잠자코 있던 리더가 소리쳤다.

"특수 패턴 발동! 온다!"

촤촤촤촥!

샌드웜의 몸통 곳곳에서 촉수가 솟구쳤다. 수백 줄기의 촉수가 기간틱 아머를 젖히고 날아가 원거리 딜러들을 노렸다.

이에 근접 대미지 딜러들이 나섰다. 이온 블레이드, 즉 광선검 및 특수 금속제 병장기로 무장한 그들이 촉수들을 요격했다. 끊어져 나간 촉수들이 모래 위로 떨어져선 뱀장어처럼 꿈틀댔다.

'요령 좋군.'

결판은 이미 났다. 사냥꾼 중 하나가 정신이 나가 팀킬이라도 하지 않는 이상, 샌드웜 쪽에 승산은 없었다.

그렇다면 지금 즉시 물러나야 했다. 자칫 저들의 감지망에 걸릴 가능성도 있었으니까.

'조우해 봐야 좋을 건 없겠지.'

황무지에서 만난 생명체가 우호적일 확률은 극히 낮다. 마수가 됐든 인간이 됐든.

그렇게 생각할 무렵, 비행선에서 내리꽂는 헤드라이트가 적시운을 스쳐 지나갔다. 빛줄기가 정지한 곳은 불룩하게 튀어나온 모래 더미. 그 사이로 트럭과 텐트의 일부가 드러나 있었다. 그레이트 샌드웜이 날뛰는 서슬에 뒤덮여 있던 흙과 모래가 흩어진 것이다.

기잉.

중기관포의 총신이 회전하는 소리!

투투투투!

포탄에 가까운 탄환들이 트럭을 향해 쏟아지기 시작했다.

3

중형급 이상의 마수 사냥은 대개 팀플레이로 펼쳐진다. 이때 구성원 간의 팀워크가 잘 이루어져야 함은 새삼스레 말할 것도 없다.

마수의 전투력이 높을수록 사냥 팀의 구성 또한 세분화된다. 그리고 이 경우, 직접 사냥에 나서는 메인 팀 외에도 이를 뒤에서 지원하는 백업 팀이 배치되게 마련이었다.

백업 팀의 역할은 메인 팀 이상으로 다양하다. 메인 팀이 위기에 빠지거나 허점을 노출했을 때 백업하는 것은 기본이고, 주변의 잔챙이와 방해자 등등 메인 팀의 사냥에 지장을 줄 만한 요소들을 제거하는 임무 역시 맡고 있었다.

트럭을 향해 기관포 세례를 쏟은 것 또한 같은 맥락이었다. 일단 의심이 간다면 제거하고 보는 것이 마수 사냥의 기본이었으니까.

물론 적시운의 입장에선 욕만 나올 일이었지만.

"젠장!"

적시운은 급히 염동력 배리어를 쳐 트럭을 감쌌다. 철갑탄

들이 요란한 불꽃을 튀기며 사방으로 튀었다.

이로써 완전히 노출된 셈. 그래도 어쩔 수 없는 선택이었다. 가만히 있었다면 트럭이 벌집이 됐을 테니.

적시운은 모래 더미 사이에서 솟구치듯 일어났다. 동시에 트럭을 감싼 모래를 염동력으로 흩어냈다.

팟!

대여섯 개의 헤드라이트가 추가로 점등됐다. 그중 두어 줄기가 적시운의 정수리로 내리꽂혔다.

"쳇!"

적시운은 모래를 박차고 날았다. 곧장 트럭 앞에 도착해 염동력으로 방수포를 걷었다.

버팀목까지 챙길 여력은 없었다. 염동력으로 대충 구긴 방수포를 짐칸에 처박으며 운전석에 올랐다.

파르르륵!

모래가 잔뜩 쌓인 까닭인지 바퀴가 헛돌았다. 재차 염동력을 가해 트럭을 뒤에서 떠밀었다.

투웅!

모래 늪을 탈출한 트럭이 질주했다. 두 줄기의 기관포 세례가 꼬리처럼 뒤를 쫓았다.

"망할!"

운전을 하며 배리어까지 치려니 정신이 없을 지경이었다.

실제로 몇 발은 짐칸 지붕에 내리꽂혔다. 다행히 움푹 파이는 정도에 그쳤지만 뚫리는 것은 시간문제로 보였다.

달아나야 한다. 하지만 어디로?

쿠구구궁!

땅이 크게 울리고는 모래들이 쓸려 나갔다.

실금이 간 유리창 너머로 몸부림치는 그레이트 샌드웜의 모습이 들어왔다.

'비행선을 따돌리는 건 불가능하다.'

속도의 차이는 말할 것도 없다. 총격 사거리를 벗어나는 것은 더더욱 어려운 일. 그나마 사격을 벗어날 방법이 있다면 하나뿐이었다.

'총을 갈기지 못할 곳으로 뛰어든다.'

그런 곳이 있을까?

'저기!'

적시운은 핸들을 꺾듯이 돌리며 액셀을 콱 밟았다. 그레이트 샌드웜 쪽으로 질주하던 트럭이 방향을 틀며 속도를 높였다.

타타타타!

그 와중에도 탄환 세례는 가차 없이 떨어졌다. 그래도 방향을 뒤튼 덕분인지 대부분 애꿎은 곳으로 날아갔다.

그레이트 샌드웜과 메인 팀은 여전히 격전을 펼치는 중.

공격 대원들은 갑작스레 발생한 변수엔 미처 신경을 쓰지 못했다. 하필 샌드웜이 특수 패턴을 발동하고 있었던 까닭이다.

치치치칙!

산성 위액을 사방으로 쏟으며 몸부림을 친다. 문자 그대로 최후의 발악이지만, 그렇기에 더욱 위험했다. 공격대로선 온전히 샌드웜 하나에만 집중할 수밖에 없는 상황.

적시운에게 있어선 절호의 기회였다.

'목표는 하나뿐!'

탱커와 근접 딜러들은 그레이트 샌드웜에게 달라붙었다. 원거리 딜러들 또한 샌드웜의 숨통을 끊기 위해 화력을 집중시키는 중. 자연히 진형의 최후미, 힐러 및 서포터들이 무방비로 노출되었다.

부아아앙!

트럭은 공격대의 후미를 향해 돌진했다. 진형의 옆구리를 깊숙이 파고드는 일격. 뼈아프기 그지없는 한 방이었다.

"뭐, 뭐야!"

"제기랄!"

탱커 역할의 세 기간틱 아머 조종사들은 우왕좌왕했다. 변수를 잡자고 물러나면 진형이 무너지고, 그러면 공격대가 전멸할 수도 있다.

사실상 그들이 할 수 있는 일은 없었다.

공격대의 리더 또한 당황하긴 마찬가지였다.

"빌어먹을! 백업 팀 개자식들은 대체 뭘 한 거야!"

비행선은 기관포만 겨눈 채 떠 있을 따름. 자칫 포를 갈겼다가 아군이 당할 수도 있으니 당연한 결론이었다. 적시운이 노린 바이기도 했고.

물론 여기서 만족하고 멈출 수는 없었다. 여유는 잠시뿐. 저들이 태세를 재정비하기 전에 안전을 도모해야 했다.

'그러기 위해서는?'

우선적으로 뇌리에 떠오르는 방법 하나.

"인질!"

적시운은 운전석의 문을 박차 열었다. 이제 트럭과 서포터들 간의 거리는 50m도 되지 않았다.

"허튼수작을 부리는군!"

리더로 보이는 사내가 몸을 날렸다. 관찰한 바에 따르면 근접 딜러. 그가 샌드웜의 촉수 공격을 이온 블레이드로 끊어냈었다.

우웅!

푸른빛의 광검, 이온 블레이드가 번뜩였다. 리더는 트럭 자체를 양단해 버리겠다는 듯 전방으로 쇄도했다.

"흥!"

적시운은 핸들을 홱 꺾었다. 동시에 트럭 바퀴에 염동력을 가했다. 결과적으로 적재 용량 4톤짜리 트럭이 거짓말처럼 드리프트를 했다.

트럭의 측면이 리더 측을 향해 드러난 상황. 적시운은 열려 있는 창문 사이로 수류탄을 던졌다. 염동력을 받아 화살처럼 날아간 수류탄이 리더를 덮쳤다.

쾌광!

폭염이 솟구쳤다.

이내 그 불길을 양단하며 리더가 몸을 날렸다.

"네놈!"

상처는 전무. 꽤나 좋은 방어 장비를 갖춘 모양이었다. 그래도 불에 그을린 탓에 열이 머리끝까지 치솟은 듯했다.

그사이 트럭에서 내린 적시운은 후미를 향해 몸을 날렸다. 근거리에서라면 이편이 트럭보다 더 빨랐던 것이다.

"오, 온다!"

"모두들 주의해요!"

쇄도하는 적시운을 확인한 서포터들의 얼굴이 흙빛이 됐다. 서포터들은 대체로 염동력자 및 변환술사로 이루어져 있다. 반드시 이능력사일 필요가 없어도 되는 탱커나 딜러와 달리, 힐러와 서포터는 거의 대부분 이능력자였다.

그 능력은 각양각색이지만 역할은 대체로 동일했다. 적의 움직임을 일순간 묶는 제압기, 아군에 대한 공격을 방해하는 견제기, 갖가지 방식으로 적의 컨디션을 저하시키는 상태 이상기. 이러한 보조 기술을 통해 전투를 유리한 방향으로 이끄는 것이다.

실제로 그레이트 샌드웜과 전투하는 내내, 그들은 보이지 않는 곳에서 지속적으로 샌드웜을 괴롭혀 왔다. 그리고 그것은 지금도 마찬가지. 각종 기술을 샌드웜에게 집중시키고 있었고, 그렇기에 적시운에게 쏟을 여력이 없었다.

이 기회를 놓쳐선 안 되는 이유가 여기에 있었다. 저들이 눈을 돌려 이능력을 집중시키면 적시운 한 명쯤은 삽시간에 제압당할 테니.

"흩어져!"

리더의 외침을 뒤로한 채, 적시운은 서포터들에게 근접했다.

'노릴 대상은?'

답은 뻔하다. 가장 약하고 저항이 적을 만한 상대.

그러나 뻔하다고 하여 늘 간단하진 않은 법이었다.

이능력자들에게 있어 외관은 별반 의미가 없다. 이능력은 문자 그대로 타고나는 능력이기에.

잡기 쉬우며, 인질로서의 가치도 높은 인물이어야 했다.

하지만 무슨 수로 그것을 판별한단 말인가?

"그럼 찍는 수밖에!"

느긋하게 생각할 여유가 없었다. 적시운은 냅다 몸을 날려 가장 가까운 서포터를 향해 짓쳐들어갔다.

"아앗!"

앳된 외모의 백인 여성이었다. 소녀티를 갓 벗은 어린 나이였다. 사파이어빛 눈동자 가득 당혹감과 공포가 드러났다.

우웅!

여자의 몸 주변으로 반투명한 막이 생겨났다. 이능력 방어용 APS 배리어였다.

"하!"

적시운은 천랑섬권을 내질렀다. 물론 인질이 죽으면 큰일이기에 위력은 최소한으로 조절했다.

파앙!

허공을 격하는 권격. 격산타우의 묘리를 통해 타격력이 APS를 무시하고 들어가 여자의 복부에 전달됐다.

"허억."

헛숨을 토하며 고꾸라지는 여자. 그녀를 옆구리에 낀 적시운은 트럭을 향해 되돌아 달렸다.

"아, 안 돼!"

"놈이 스텔라를 데리고 달아난다!"

속이 타들어 가는 듯 서포터들이 소리쳤다. 그 와중에도 샌드웜을 견제하느라 적시운을 어찌하는 자는 없었다.

"이 개자식!"

공격대 리더가 적시운의 앞을 재차 가로막았다. 트럭은 멀쩡한 상태로 그의 뒤편에 멈춰 서 있었다. 적시운을 뒤쫓느라 미처 쪼개지는 못한 모양이었다.

인질의 효과를 확인해 볼 시간이었다.

적시운은 마음속으로 말했다.

자, 칠 테면 쳐 봐라.

옆구리의 인질을 본 리더의 눈동자가 거세게 흔들렸다. 당혹감을 느끼는 걸 보니 제대로 고른 모양이었다.

"네놈, 그녀를 어쩌려고……?"

적시운은 대꾸하지 않았다. 이 마당에 주절주절 떠들 수 있다니, 꽤나 속 편한 놈이란 생각이 들었다.

적시운은 재차 천랑섬권을 펼쳤다. 이번엔 전력을 다하여.

내공이 한껏 담긴 주먹으로 대지를 내리찍었다.

퍼엉!

엄청난 양의 흙먼지가 상공으로 폭발했다. 그레이트 샌드웜의 광란을 방불케 할 수준.

막대한 모래 구름이 주변을 집어삼켰다.

"아뿔싸!"

리더의 경악성을 스쳐 지나간 적시운은 그대로 트럭 위에 올랐다.

쿠워어어!

지휘 체계가 휘청거리자 샌드웜에 대한 압박이 약해졌다. 기회임을 본능적으로 깨달은 샌드웜이 한층 강하게 날뛰기 시작했다.

그야말로 아비규환의 상황.

적시운은 있는 힘껏 액셀을 밟아 모래 먼지 속에서 탈출했다. 비행선의 헤드라이트는 먼지에 막혀 트럭을 뒤쫓지 못했다.

트럭은 어둠 속을 질주했다. 적시운의 염동력 감지망에 의지한 채.

"이런 빌어먹을!"

피 묻은 헬멧을 거칠게 내던진 사내가 욕설을 토해냈다.

착륙한 비행선으로부터 일련의 무리가 걸어 나오자 사내는 씩씩거리며 뛰어가 선장의 멱살을 틀어쥐었다.

"왜 그 새끼를 쫓지 않은 거야! 이 밥버러지 같은 놈들!"

"미친 자식! 그때 놈을 뒤쫓았으면 네놈들이 뒈졌어!"

실랑이를 벌이는 그들의 뒤로는 그레이트 샌드웜의 사체

가 널브러져 있었다. 흘러나온 피와 내장이 산더미 같았고, 악취 또한 후각을 멀게 할 지경이었다.

사냥은 엉망진창이었다. 예기치 못한 변수로 인해 견제가 제대로 이루어지지 않았다. 덕분에 샌드웜은 예상 이상으로 마구 날뛰었고, 백업 팀에 불과한 비행선 측에서도 화력을 쏟아야 했다.

그러나 공격대 케르베로스의 리더, 맥빌은 전혀 고마움을 느끼지 않았다.

"애초에 네놈들이 임무를 제대로 못 해 벌어진 일이지 않나! 불청객을 막는 게 네놈들의 임무 아니었느냐 말이다!"

"제기랄! 우리라고 그런 미친놈이 갑자기 나타날 줄 알았겠나!"

전투 수송선 노르망디의 선장 다임백이 침을 튀기며 소리쳤다. 그 또한 예기치 못한 상황에 분노와 당혹감을 느끼고 있었다.

"썩을."

맥빌은 잔뜩 구겨진 얼굴로 팔짱을 꼈다. 애써 분노를 가라앉히는 그 서슬이 너무 험악해서 다임백 선장은 어조를 조금 부드럽게 했다.

"납치당한 사람은 몇인가?"

"한 명."

고작 하나라고?

다임백 선장은 재차 고함을 쏟아낼 뻔했다. 한두 명의 피해쯤이야 마수 사냥에서 흔하게 나올 법한 일이 아니던가.

더군다나 정작 샌드웜 자체는 한 명의 인명 피해도 없이 잡아낸 직후였다. 고함을 치려던 그를 멈춰 세운 것은 이성의 끈이었다. 맥빌은 관록 있는 베테랑이며 단순히 사람 목숨 하나 때문에 이 난리를 칠 만큼 어수룩하지 않았다. 그가 당혹해하는 건 그만한 이유가 있기 때문인 것이다.

그 추측은 맞았다.

"그 아이, 라트린 후작의 조카딸이다."

해가 뜰 때까지 내달리니 협곡의 어귀가 나타났다.

적시운은 일단 정지하기로 했다. 지형을 보건대 무턱대고 들어섰다가 기습당하기 딱 좋은 형태였다.

알폰소 협곡. 이곳을 통과해 남하하면 에메랄드 시타델이다. 말처럼 쉬운 여정은 아닐 테고, 도중에도 지나쳐야 할 구역이 많기도 했지만.

"약탈꾼이 득실댄다고 했던가?"

적시운은 트럭을 돌아봤다.

"뭐, 많아 봐야 샌드윔이나 공격대에 비할 바는 아니겠지."

오소독스를 나설 때는 제법 말끔했던 트럭의 외관은 온데 간데없었다. 유리창엔 균열이 쫙쫙 가 있었고, 차체 또한 곳 곳이 찌그러져 있었다. 도로보단 폐차장이 어울릴 모습에 쓴 웃음이 절로 나왔다.

"타이어가 펑크 나지 않은 게 그나마 다행이군."

스페어도 없는데 펑크가 났다간 눈앞이 컴컴해질 것 같 았다.

"으음……."

희미한 신음. 보조석 쪽에서 난 소리였다. 여자는 창에 머 리를 기댄 채 혼절해 있었다. 대충 살펴보니 바로 깨어날 것 같지는 않았다.

적시운은 팔짱을 꼈다.

"이제 어떻게 한다?"

4

"귀찮게 됐는데."

적시운의 솔직한 심정이었다. 그 난장판을 빠져나오기 위 해 이 여자를 인질로 잡았고, 탈출에 성공했다. 그 시점에서 이미 인질의 효용은 끝난 셈이었다. 더 데리고 있어봐야 추격자만 잔뜩 불러들일 터. 그렇다고 몸값을 뜯어낼 궁리를 할 만큼 여유롭지도 않았다. 대체로 이러한 납치극의 결말은 피로 얼룩지게 마련이었으니까.

"이 여자를 어떻게 처리하느냐가 문제인데."

적시운은 그 난장판을 탈출하던 순간을 떠올렸다.

주변은 어두웠고 상황은 혼란스러웠다. 그 와중에 저들이 적시운의 인상착의를 속속들이 기억했으리라 생각하긴 어려웠다.

적시운은 여자에게로 시선을 옮겼다.

"역시 내다 버리는 편이 낫겠어."

추격대가 조만간 이곳까지 들이닥칠 터. 소량의 물과 함께 이 부근에 남겨두면 어련히 알아서 구조되지 않을까 싶었다.

하지만 그전에 재수 없게도 마수나 약탈자들에게 당한다면?

"그건 그것대로 좋겠지."

복수의 대상이 옮겨가는 셈이니 나쁠 것은 없었다. 상황이 어떻게 흐르든 이 여자를 버려서 손해 볼 일은 없었다. 반면 혹처럼 달고 다녀봐야 얻을 수 있는 이득은 전무했다.

"리더 놈의 반응도 그랬고."

마수 사냥에서 희생자가 나온다. 새삼스러울 것도 없는 일이다. 애초에 사냥꾼이 거꾸로 사냥당할 수 있는 것이 현실이었다. 때문에 적시운도 인질을 잡으며 대단한 기대를 하진 않았다. 잠시나마 방패막이로 사용할 수 있다면 다행이라 생각했다. 한데 리더의 반응이 생각 이상으로 컸다. 서포터가 딜러나 탱커에 비해 귀하긴 하다지만, 그걸 감안해도 지나치게 호들갑스러웠다.

그에 따른 결론은 하나뿐이었다.

"이 아가씨가 꽤나 귀한 몸이라는 거지."

적시운은 혼절해 있는 여자의 모습을 자세히 살폈다.

전형적인 게르만계. 금발 벽안의 미인이었다. 피부는 잡티 하나 없이 깨끗했다.

세실리아가 전투 슈트와 호흡 마스크의 잦은 착용으로 인해 창백한 느낌이라면 이쪽은 상당히 세심한 관리를 받은 듯 깔끔했다.

살짝 벌어진 잇새로 보이는 치아는 가지런하고 새하얬다. 손톱 역시 세공품처럼 잘 다듬어져 있었다.

지나치리만치 미용과 위생에 신경을 쓰는 성격이거나, 세심한 관리를 받을 만한 인물이란 뜻.

그리고 정황을 보자면 후자일 가능성이 매우 높았다.

"그렇다는 건, 에메랄드 시타델 쪽 사람일 수도 있다는 건데."

생각해 보면 정황 증거는 많았다. 한두 푼 하는 게 아닐 비행선이나, 전체적으로 고품질을 자랑하는 장비들이나…….
김은혜가 말했던 1등 시민, 혹은 그에 준하는 능력자들일 터.

그걸 생각하니 새삼 갑갑해졌다.

"젠장."

하필 그곳에서 사냥을 하고 있을 건 뭐란 말인가?

금방 벗어나기는 했다지만 이쪽의 인상착의조차 확인 못할 만큼의 찰나는 결코 아니었다. 무엇보다 리더라는 작자와 가까이에서 마주친 게 마음에 걸렸다. 그쯤 되는 무리의 지휘관이라면 짧은 접촉만으로도 적시운의 특징을 잡아냈을 확률이 높았다. 만약 이로 인해 수배령이라도 떨어진다면…….

"으음."

또다시 신음을 흘리는 여자. 조금 전보다는 한층 명확한 음성이었다.

'일단은 몸수색부터.'

판단을 유보한 적시운이 여자의 몸을 살폈다. 미용 상태로 보건대 장착 중인 장비들 또한 싸구려는 아닐 듯했다.

"간이 APS 전개 장치까지 있었던 걸 보면."

여자를 기습해 들어갈 때 펼쳐졌던 반투명한 막. 분명 기간틱 아머의 그것과 동일한 APS였다. 물론 위력 자체는 군용 아머의 방어막보단 낮았지만, 어지간한 이능력을 막아내는 것쯤은 가능했다. 다만 상대가 나빴을 뿐. 오히려 일반적인 물리장 배리어를 썼다면 약간이나마 방어가 용이했으리라.

APS 발생 장치는 아마도 팔찌인 듯했다. 적시운은 그녀의 팔목으로 손을 가져갔다.

그때 여자가 눈을 떴다. 자연히 눈이 마주쳐 버렸다.

"……."

"……."

사파이어빛 눈동자가 신중하게 위아래로 오르내렸다. 상황 파악을 하려는 것일 터. 어찌나 조심스러운지 눈동자 굴러가는 소리가 또르르 들리는 듯했다.

적시운은 그녀의 판단을 도와주기로 했다.

"이곳은 너와 나를 제외하면 사람 하나 없는 황야다."

"……?"

"최소 10㎞ 이내에는 네게 도움이 될 사람이 아무도 없고, 나는 언제라도 너를 제압할 수 있게끔 준비하고 있다. 물론 앞서와 마찬가지로 신사적인 방법은 아닐 거야."

"……!"

혼절하던 순간의 기억이 되살아난 듯, 여자의 속눈썹이 파르르 떨렸다.

"서포터 포지션에 있던 걸로 봐선 이능력자일 테지. 맞나?"

멍하니 있던 여자가 위아래로 천천히 고개를 끄덕였다.

"염동술사인가?"

여자가 고개를 좌우로 도리도리 저었다.

"변환술사? 아니면 텔레패스?"

도리도리.

"그럼 뭐지?"

잠시 뜸을 들이던 여자가 조심스럽게 대답했다.

"중력장 조작…… G인포서예요."

상당히 희귀한 이능력.

희귀하다는 것은 쉽게 대처하기 어렵다는 뜻이기도 했다.

적시운은 혹시 몰라 단전의 내력을 끌어올렸다.

"랭크가 어떻게 되지?"

"……트리플 C, CCC랭크예요."

"둘 중의 하나군."

적시운은 단호한 어조로 말했다.

"네가 거짓말을 하고 있거나, 낙하산이거나."

"네? 낙하산이라뇨?"

"인맥발로 한자리 끼었다는 소리다. 든든한 백이 있었다는 거지."

여자는 울컥한 얼굴로 적시운을 노려봤다. 적시운은 담담히 그 시선을 받아넘겼다.

"일반 샌드웜이라면 모를까, A랭크의 그레이트 샌드웜을 잡는데 어떤 머저리가 C랭크 서포터를 데려가지? 견제기고 제압기고 하나도 먹히지 않을 텐데."

"그, 그건……."

여자는 완전히 풀이 죽은 얼굴로 시선을 내리깔았다.

"당신 말이 맞아요. 난…… 아마도 동료들에게 방해만 됐을 거예요."

적시운은 긴장을 풀었다. A랭크와 B랭크 간의 격차가 압도적이듯, B랭크와 C랭크 간의 격차 또한 마찬가지였다.

'이 여자가 거짓말을 하고 있을 가능성도 없진 않겠지만.'

미네르바로 스캔해 보면 대략적인 랭크를 확인할 수 있었다. 다만 작업에 시간이 제법 걸렸다. 여유가 넘친다고 볼 수 없는 지금 하기에는 무리가 있었다.

'귀찮게 됐어.'

그녀에게 얼굴을 보였다는 점이 새삼 후회가 됐다.

'좀 더 신중했어야 했는데.'

후회해 봐야 이미 엎질러진 물. 적시운은 그녀에 대해 조금 더 캐내기로 했다.

"이름이 어떻게 되지?"

"에스텔 라트린입니다."

또박또박 대꾸하는 여자. 조심스럽던 지금까지와는 조금

다른 어조였다. 자신감과 당당함이 느껴진다고나 할까. 마치 이젠 댁이 놀랄 차례라는 듯한 태도였다.

적시운은 별다른 반응을 보이지 않았다. 그러자 여자는 당황한 듯 말을 더듬었다.

"어, 어?"

"뭐야?"

"들어본 적 없나요?"

"무엇을?"

"라트린 가문에 대해서요."

라트린 가문. 일단은 기억만 해두고 나중에 미네르바로 검색하기로 했다.

"묻는 말에나 대답했으면 좋겠군. 너와 네 무리, 에메랄드 시타델 출신인가?"

에스텔은 고개를 저었다.

"그러면?"

"제가 속해 있는 케르베로스 길드는 세인트 로드에 본부를 두고 있어요."

세인트 로드. 역시나 들어본 적 없는 이름이었다.

'뉴 텍사스 주의 도시는 아니란 소리인데.'

미네르바에 기록된 북미 제국의 도시 숫자는 생각보다 많았다. 그래서 적시운은 일단 현재 위치인 뉴 텍사스의 도시

들만 외워두었다. 그 목록 안에 세인트 로드는 없었다.

"제법 먼 곳까지 사냥을 나온 모양이군."

"퀘스트를 받았으니까요. 설마 이런 식으로 암습을 당하게 될 줄은 몰랐지만요."

적시운은 미간을 찌푸렸다.

"암습은 얼어 죽을. 누가 보면 내가 음모라도 꾸민 줄 알겠네."

"나를 노린 게 아니라고 발뺌하려는 건가요?"

"과대망상이 심한 아가씨일세."

적시운은 코웃음을 쳤다.

자기네가 먼저 건드려 놓고는 대체 누굴 욕하는 건가?

어쨌든 에메랄드 시타델에 수배령이 떨어질 일은 없어 보였다. 물론 아직 안심할 단계는 아니긴 했지만.

연이은 적시운의 반응에 에스텔은 당황한 눈치였다.

"정말 나에 대해 몰라요? 라트린 가문에 대해서도요?"

"몰라, 일단은."

"그, 그럼 왜 나를……?"

"네가 가장 가까이에 있었고, 가장 만만했으니까."

"……."

신랄한 대꾸에 에스텔은 망치로 얻어맞은 듯한 표정을 했다.

"네 패거리에게 날벼락을 맞은 덕분에 일단 뭐든 해야 했
거든."

"그런……."

에스텔은 그때의 상황을 복기하듯 깊은 생각에 잠겼다. 이
윽고 나름대로 결론을 내린 듯 그녀가 입술을 뗐다.

"그러니까…… 우리가 사냥을 하던 그 자리에 하필 당신이
있었던 건가요? 그레이트 샌드웜과의 전투에 운 나쁘게 말
려들었고요?"

"엄밀히 말하자면 너희 비행선이 먼저 내 트럭에 사격을
가했지."

"아……!"

에스텔은 모든 게 이해됐다는 듯 탄성을 뱉었다.

"왜 하필 그곳에 있었던 거죠?"

"그건 내가 하고 싶은 말이라고. 너희는 왜 하필 거기에
있었던 건데?"

"그, 그거야 그곳이 샌드웜의 서식지라……."

"그래서 사냥하려고 잠복하고 있었다는 거군. 살아 있는
인간을 미끼로 삼아서 말이지."

"그들은 모두 사형을 구형받은 범죄자들이었어요. 죄목도
집단 살인과 식인 등의 용서 못 할 패악이었고요."

"아, 그래. 대단한 정의 구현이군."

비꼬듯 대꾸한 적시운이 그녀에게 소총을 겨누었다. 에스
텔은 긴장한 얼굴로 몸을 움츠렸다.

"어, 어쩔 생각이죠?"

"뒤처리."

"날 죽일 건가요?"

"그래야 한다면."

"우리 가문의 추격자들이 당신을 뒤쫓을 거예요. 대륙 끝
까지 달아나더라도 결코 살아남을 수 없을걸요?"

대륙 너머로 갈 생각이라 상관없어. 적시운은 마음속으로
만 대답해 줬다.

"협박은 그런 게 먹힐 만한 상대에게나 하는 거야, 애송이."

"웃……."

찔끔한 에스텔이 한층 누그러진 어조로 말했다.

"나를 살려 보내준다면 결코 보복하지 않겠다고 약속할
게요."

"협박 다음은 회유인가? 협상 실력이 형편없는걸."

"그, 그런……."

적시운은 총구를 치우고서 팔짱을 꼈다.

최선은 역시 그녀를 제거하는 것이다. 이미 그녀는 적시운
의 인상착의를 확인했고, 그걸 쉽게 잊을 만큼 멍청해 보이
진 않았다. 동양계인 적시운의 외관이 쉽게 잊힐 만한 것도

아니었고.

그나마 태도가 비교적 협조적이라는 게 긍정적인 점. 물론 그것만으로 그녀를 신뢰할 순 없었다. 손바닥 뒤집히듯 간단히 바뀔 수 있는 것이 사람의 마음이란 놈이니.

'하지만…….'

단순히 죽이는 것만이 능사는 아니다. 그녀의 말마따나 보복 문제도 있고, 무엇보다 적시운의 인상착의를 본 것이 그녀 한 명만이 아니란 게 컸다.

'그 리더 자식이 붕어 대가리이길 바라는 건 무리겠지.'

쉽사리 결정하기 어려운 상황. 적시운은 골치가 지끈거렸다. 그래도 그것을 내색하진 않았다. 약한 모습은 상대가 파고들 구실을 제공하는 법이니.

그리하여 무표정을 유지하고 있자니, 에스텔이 다시 입을 열었다.

"당신의 사정은 이해했어요. 그러니까 결국은 불운에 불운이 겹친 거였잖아요? 얼마든지 이해하고 넘어갈 수 있어요."

"네 패거리가 전부 너처럼 이해심 넘치지는 않을 거라는 점이 문제지."

"다른 사람들은 제가 설득할게요. 그러면 되잖아요?"

그렇게 쉽게 풀릴 일이 아니다.

대답하려던 적시운은 입을 다물었다.

"왜 그래요?"

적시운은 에스텔의 질문을 무시한 채 급히 백미러를 확인했다. 협곡의 반대편, 황야의 지평선으로부터 흙먼지가 뭉게뭉게 치솟고 있었다.

'추격대인가?'

아니었다. 시간대가 맞지 않았다. 비행선을 이용한다면 모를까 차량을 타고서 이렇게나 빨리 따라잡는다는 것은 불가능했다. 그리고 흙먼지는 분명 지평선 위로 피어나고 있었다.

적시운은 에스텔을 힐끔 살폈다. 그녀의 얼굴에도 안도감이 아닌 당혹감이 어려 있었다.

"길드 사람들이…… 아니군요."

"그렇게 확신하는 이유는?"

"노르망디, 그러니까 우리 수송선엔 차량이 적재되어 있지 않아요."

적시운은 판단을 마쳤다.

"아가씨, 생각보다는 멍청하지 않은걸."

"네?"

"저것들, 약탈자 무리다."

차량 무리가 육안으로 판별 가능한 거리에 접어들었다. 적시운은 곧장 운전석에 올랐다.

"선택의 기회를 주지. 여기서 작별하겠어, 아니면 내게 협력하겠어?"

"지금 그걸 질문이라고 하나요?"

에스텔이 반사적으로 소리쳤다.

"어서 밟아요!"

적시운은 액셀을 밟았다.

5

"제기랄."

수색이 시작된 뒤로 백 번째쯤 되었을 것이다. 잇따른 맥빌의 욕설에 다임백이 결국 입을 열었다.

"한 번만 더 그 소리를 지껄이면 퇴선 조치를 명하겠다. 지금 이 자리에서."

상공 2㎞ 높이에서 떨어뜨리겠다는 뜻. 그러나 맥빌은 딱히 겁먹지 않은 기색이었다.

"그곳에서 곧장 수색을 시작했어야 했어. 곧장 놈의 뒤를 쫓았어야 했다고."

"귀환할 연료밖에 남지 않았었는데 무슨 수로? 후작 조카를 찾고 나서 사이좋게 난민 신세가 되자고?"

"......."

맥빌은 이를 악문 채 창밖의 허공만 노려봤다.

한숨을 내쉰 다임백이 말했다.

"납치범은 알폰소 협곡 쪽으로 갔을 거다. 놈을 납치범이라 부르는 게 옳은 표현인지는 모르겠지만."

"그건 또 무슨 소리지?"

"계획적인 납치가 아닐 수도 있다는 뜻이다."

맥빌은 미간을 와락 구겼다. 다임백의 가설에 반사적으로 거부감이 든 것이다. 그래도 일단은 감정을 추슬렀다.

"설명해 봐."

"공대지 발칸 사격대로부터 보고를 받았다. 그레이트 샌드웜을 레이드하던 도중 미심쩍은 표적을 발견했고, 곧바로 사격을 가했다더군."

"그게 놈이었고?"

"그래, 정확히는 그자의 트럭이었지."

"그런데?"

"목 위에 달려 있는 물건을 좀 이용해 보시지. 후작의 질녀를 노리는 납치범이라기엔 너무나 조촐하다고 생각되지 않나? 엉성한 트럭 하나에 사람 하나라니 말이야."

"그래서, 하고 싶은 말이 대체 뭐냐."

"간단하다. 어쩌면 그자는 그저 우연히 휘말리게 된 불운

한 친구일지도 모른다는 거지."

"그저 운 나쁜 불청객이 우리 공격대로 파고들어 하필이면 손님을 납치해 갔다고?"

손님, 다른 말로는 스폰서. 공격대의 자금줄이자 귀빈을 의미했다.

북미 제국의 탄생 이후, 대륙이 안정화 추세에 접어들면서 변화가 시작됐다. 마수들을 바라보는 고위층과 부유층의 시선이 달라진 것이다.

생존을 위협하던 공포의 대상에서 얼마든지 사냥하고 해치울 수 있는 오락의 대상으로.

마수 사냥꾼과 공격대는 연예인과 비슷한 입지를 구축하게 됐다. 더불어 수많은 후원자가 생겨났고, 자연히 양측을 연결 짓는 고리가 만들어졌다.

스폰서는 공격대에 금전적, 사회적 지원을 제공한다. 공격대는 스폰서에게 유명세와 명망을 제공한다. 특정 공격대가 강력한 마수를 사냥하면 자연히 그 스폰서를 광고하는 셈이 된다. 공격대의 '손님'은 여기서 파생된 개념이었다.

"아예 불가능한 일은 아니라고 보는데."

"뭐라고?"

"마수 사냥에 대한 지식이 충분하고 능력 또한 뒷받침된다면 불가능할 것도 없지. 그녀가 타깃이 된 건 우연일 테지만."

맥빌은 개소리라고 일축하고 싶었다. 그러나 쉬이 입이 떨어지질 않았다. 다임백의 추론이 아주 글러 먹진 않았다는 생각도 들었기 때문이다.

'그놈은······.'

잠시뿐이지만 놈과 대치해 보았던 맥빌이다. 놈의 상황 판단 능력과 순발력이 뛰어나다는 건 인정할 수밖에 없었다. 현 상황에 있어선 별반 도움이 되지 않았지만.

"제기랄."

결국 또다시 욕설을 내뱉은 맥빌이었다. 다임백은 눈살을 찌푸렸지만, 엄포를 내렸던 것과 달리 그를 퇴선시키진 않았다.

"라트린 후작에겐 이번 일에 대해 보고했나?"

"미쳤어? 이 사실이 후작의 귀에 들어갔다간 우리뿐 아니라 당신도 끝장이야."

맥빌은 충혈된 눈으로 전방을 노려봤다.

"어떻게든 잡음이 나오기 전에 에스텔을 되찾아야만 해."

부아아앙!

트럭이 거친 배기음을 토하며 땅을 차냈다.

일단 시동을 걸어 바위 틈새에서 빠져나온 적시운은 잠시 멈칫했다.

'어디로 가지?'

선택지는 크게 둘이다.

협곡을 통과하거나 다른 길을 찾거나.

그러나 다른 길을 찾는 것은 근본적인 해결책이 되지 않았다. 에메랄드 시타델로 가기 위해선 결국 여기로 다시 돌아와야만 할 테니까.

'협곡을 지나가야 한다.'

여기서 선택지는 다시 둘로 갈린다.

골짜기 안쪽으로 들어가거나, 절벽 위로 올라가거나.

일견 안전해 보이는 쪽은 후자였다. 30미터 너비의 골짜기 안쪽은 기습당하기 딱 좋은 형태였으니까. 포위라도 당하면 막막할 것이다.

그나마 탁 트인 절벽 위가 나았다. 이쪽도 아주 안전하다고 보기는 어려웠지만.

'위로 올라가는 길이 있을까?'

당장은 보이지 않았다. 내부로 들어서면 오르막길이 있을지도 모르지만, 역시 단정 짓기는 어려웠다.

"왜 그래요?"

에스텔이 다급한 어조로 물었다. 트럭 뒤편으로는 이제 지평선을 가득 채울 만큼의 흙먼지가 피어오르고 있었다.

약탈자들도 이쪽을 발견한 듯했다. 일부가 무리로부터 떨어져 나와선 속도를 높였다.

적시운은 에스텔을 돌아봤다.

"네 능력, 중력장 조작이라고 했지?"

"네? 아, 네."

"그럼 중력을 역전시킬 수도 있겠군."

"한정된 공간 내에서라면……."

"이것도 띄울 수 있어?"

적시운이 말하는 이것이 트럭임을 깨달은 에스텔의 얼굴이 어두워졌다.

"이 정도 크기의 물체엔 시도해 본 적이 없어요."

"트럭 전체의 무게를 줄이는 정도라면?"

"그거라면 어느 정도는……."

"좋아, 그럼 바로 시도해."

적시운은 성벽처럼 치솟은 절벽을 향해 액셀을 밟았다. 그가 뭘 시도하려는 건지 깨달은 에스텔의 얼굴이 하얗게 질렸다.

"아, 안 돼요!"

"신호 보내면 중력장을 역전시켜."

"자, 잠깐만요. 아직 마음의 준비가……."

"지금!"

에스텔은 눈을 질끈 감고 이능력을 개방했다. 두 사람을 태운 트럭에 가해지던 중력이 순간적으로 약해졌다. 적시운은 무게가 줄어든 트럭에 염동력을 가했다. 결과적으로 트럭은 허공으로 솟구쳐 올랐다.

"아……!"

에스텔이 멍하니 눈을 깜빡였다.

"당신, 염동술사였어요?"

"마치 몰랐다는 듯이 말하는군."

"모, 몰랐어요. APS도 통하지 않기에 이능력자가 아닌 줄 알았죠."

아주 틀린 추측은 아니었다. APS 배리어를 무시하고 들어가 에스텔을 타격했던 것은 이능이 아닌 천랑섬권의 내력이었으니까.

트럭은 족히 200m는 됨직한 높이의 절벽 위에 안착했다. 다행히 절벽 위쪽은 평평한 지대였다.

적시운은 힐끔 뒤편을 살폈다. 약탈자 무리의 속도가 둔해지는 것이 보였다. 닭 쫓던 개 신세가 됐으니 황당하기 그지없을 터였다.

"머저리들."

나직이 뇌까리고는 트럭을 출발시켰다.

적시운은 전방을 응시한 채 말했다.

"지금부터는 내 지시를 따라줘야겠어. 일단은 APS 전개 장치부터 내놓도록 해."

에스텔은 팔찌를 끄르는 대신 적대적인 눈으로 적시운을 응시했다.

"만약 듣지 않겠다면요?"

"뻔한 질문을 할 만큼 멍청하다고는 보지 않는데."

"……."

잠시 고민하던 에스텔이 팔찌를 끌렀다.

적시운은 그것을 챙겨선 재킷 주머니에 넣었다.

"강도질을 할 만큼 천박한 사람은 아니라고 봤는데, 당신도 별수 없는 모양이군요."

"고귀함이 밥 먹여주진 않거든. 그리고 뭔가 착각하고 있는데, 날 마주친 시점에서 이미 넌 목숨을 내게 빚진 거야."

"혀, 협박하는 건가요?"

"사실을 일깨워 주는 거지."

적시운이 거칠게 핸들을 돌렸다. 뭐라 반박하려던 에스텔은 몸이 붕 뜨는 느낌에 기겁했다.

"다, 당신. 지금 일부러……."

"아냐. 어쨌든 얘기나 해봐."

"얘기라니, 무얼 말이죠?"

"너에 대해서."

제법 비싼 몸이며 든든한 배경이 있다. 적시운이 그녀에게서 유추해 낼 수 있는 사실의 전부였다. 보다 자세한 정보가 필요했다. 미네르바로 검색할 수도 있겠지만, 우선은 본인의 입을 통해 들어보고 싶었다.

"제가 왜 그걸 당신한테⋯⋯."

"말하지 않으면 버리고 갈 테니까. 참고로 이 근방엔 확인된 인간 무리만 5개에 달해. 비공인 세력은 그 배는 된다는 뜻이지."

"그, 그래서요?"

"약탈자 놈들이 너와 마주친다고 생각해 보시지. 여러 의미로 굶주려 있을 놈들이 말이야."

에스텔의 얼굴에서 핏기가 가셨다. 적시운이 암시한 바를 깨달았기 때문이다.

"제, 제게 무슨 일이라도 생겼다간 큰아버님께서 가만히 있지 않으실 거예요."

"놈들이 후환 따윌 두려워할 것 같아? 하루하루 벌어먹기도 바쁜 놈들이 퍽이나 뒷일을 생각하겠군."

"⋯⋯."

에스텔은 살짝 벌어져 있는 앞섶을 급히 여몄다. 전투복이라기보단 나들이옷에 가까운 원피스였다. 물론 그 실체는 합성 강화 소재로 만들어진, 어지간한 방어복보다도 뛰어난 능력을 지닌 의상이었지만.

그러나 첨단 기술이 접목된 이 의복도 개떼처럼 몰려드는 약탈자들을 막아내지는 못할 터였다.

"내게 고마워하라고는 얘기하지 않겠어. 어찌 됐든 아가씨 관점에선 똥 밟았다고밖엔 느껴지지 않을 상황이니. 그래도 본인의 입장을 좀 생각해 보길 권하지."

그녀의 운명은 이 납치범의 기분에 달렸다. 그 사실을 자각한 에스텔의 표정이 우울해졌다.

"어떤 이야기를 듣고 싶으시죠?"

"우선은 아가씨네 가문. 자꾸 반복하는 걸 보니 제법 떵떵거리는 모양이지?"

"엘모 라트린 후작에 대해 정말 모르세요?"

"몰라."

"멍청한 것 같지는 않고, 아주 먼 곳에서부터 온 모양이군요."

적시운은 대꾸하지 않았다.

"일단 당신의 이름부터 말해주지 않겠어요? 그쪽이 설명하는 데 편할 것 같은데요."

"부르고 싶은 대로 불러."

"본명을 말하기 무서운가요?"

첫인상과 달리 제법 기가 드센 아가씨였다. 얌전하고 조신한 외관을 하고서 제법 도발적인 질문도 던질 줄 알았다.

적시운이 꺼리는 타입 중 하나였다.

"좋을 대로 생각하고 묻는 말에나 대답하셔."

"라트린 후작가는 세인트 로드 제일의 명문가예요."

"세인트 로드는 어디에 있지?"

"네오 유타 주에 있어요."

"네오 유타 주는 어디에 있고?"

에스텔은 멍한 표정을 지었다.

"당신, 대체……."

"묻는 말에나 대답해."

"뉴 텍사스 북서쪽에 있어요. 북미 제국 전체에서 보면 서쪽 중앙에 위치한 셈이죠."

"그렇군."

"감사 인사는 됐어요. 어린아이 가르치는 기분도 들고 신선하네요."

적시운은 일언반구 대꾸하지도 않았다. 대놓고 비꼬는 말에 일절 반응하지 않으니, 비아냥대던 에스텔이 도리어 화가 날 지경이었다.

"내가 만난 공격대의 후원자가 그 후작가라는 거군. 너는 후작가에서 심어놓은 손님이겠고."

"……그래요."

"젠장."

적시운은 미간을 구겼다.

"제대로 똥 밟았네."

"제가요?"

"아니, 내가."

에스텔도 미간을 구겼다.

"뭐예요. 그럼 제가 그, 대변이라는 거예요?"

"응."

"어째서요?"

"처치 곤란이잖아. 그냥 내다 버려도 문제고, 되돌려 줘도 문제고."

"되돌려 주는 게 어째서 문제인데요?"

"후작가에서 보복할 게 뻔하니까."

"제가 했던 얘기도 기억 못 하나요? 분명히 큰아버님께 잘 말씀드려서 보복이 없도록 하겠다고 했잖아요."

"그걸 어떻게 믿지? 넌 기껏해야 조카딸에 불과한데."

에스텔은 울컥한 얼굴로 말했다.

"큰아버님께선 제 말씀은 뭐든 다 들어주세요."

"어련하겠어."

적시운은 혀를 찼다. 현실감각이란 게 없는 걸 보니 꽤나 금지옥엽으로 자라났구나 싶었다.

'하긴 그럴 테니 공격대 손님으로 민폐나 끼쳤겠지.'

납치당했기 때문은 아니다. 이거야 말 그대로 예기치 못한 상황이었으니.

진짜 문제라면…….

'이 여자의 존재 자체겠지.'

그레이트 샌드웜을 상대로 40인 공격대라면 꽤나 빡빡한 인원 구성이었다. 여러 변수를 감안한다면 최소 50인 이상을 갖추는 편이 좋았기 때문이다.

'그럼에도 최소치인 40인을 고집했다는 것은…….'

간단하다. 그 정도 숫자만으로 샌드웜을 잡았다는 명성을 부여하기 위함일 터. 한마디로 보여주기식 레이드라는 뜻이었다. 그리고 그 주체는 물론 이 여자, 에스텔 라트린일 테고.

"후작이 무척이나 아끼는 모양인걸."

비꼬는 말이었지만 에스텔은 알아채지 못했다.

"그래요. 안타깝게도 큰아버님께는 후사가 남아 있지 않아서…… 자식들에게 쏟으셨어야 했을 애정을 제게 쏟으셨어요. 저를 정말 친딸처럼 아껴주고 계시죠. 하지만 저는…….."

에스텔의 얼굴이 우울해졌다. 뭔가 자질구레한 얘기가 나올 것 같은 분위기. 그래서 적시운은 딱 잘라 말했다.

"그 얘긴 됐어. 별로 듣고 싶지도 않고."

"……."

에스텔은 두 눈에 쌍심지를 켰다.

"어쩜 그렇게 말할 수 있어요? 이게 얼마나 구슬픈 사연인데!"

"알 바 아냐. 그나저나 그 후작의 영향력은 이곳에서도 유효한가?"

"내가 대답해 줄 것 같아요? 어디 혼자서 잘 알아보시죠!"

"그렇다면."

적시운은 어깨를 으쓱하고는 입을 다물었다. 나머지 정보야 미네르바를 통해 알아내면 그만이었다. 그렇게 되니 당혹스러운 건 에스텔이었다.

"어, 어?"

뻗대면 조금이나마 양보할 거라 생각했다. 그런데 미련 없이 대화를 끝내 버렸다. 마치 네 도움은 필요 없다는 듯.

그 사실에 은근히 화가 났다. 자존심에 큼지막한 스크래치가 그어진 기분이었다.

'감히 라트린 후작가를 우습게 보다니!'

그랬다. 이 예의라고는 밥 말아 먹은 남자가 후작가를 능멸했다. 그렇기 때문에 에스텔은 화가 난 것이었다.

'그래, 그런 거야.'

내심 스스로에게 중얼거리는 에스텔.

그러는 사이 트럭은 서서히 속도를 줄였다. 절벽 위를 수십 ㎞ 달리고 난 직후. 거세게 몰아치던 바람이 조금은 잦아진 지점이었다.

"뭐예요?"

"휴식."

적시운은 근처의 바위틈에 트럭을 주차했다. 그러고는 짐칸에서 방수포를 꺼냈다.

"젠장."

억지로 쑤셔 넣은 탓에 짐칸은 모래 범벅이 되어 있었다. 다행히 탄통 안엔 모래가 스며들지 않은 모양이었지만, 총기들은 분해해서 손질할 필요가 있어 보였다.

방수포를 펼치고 텐트 조립을 시작했다. 앞서 미처 챙기지 못한 탓에 버팀목의 수량이 부족했다. 트럭의 차체 옆으로 텐트를 치는 식으로 부족한 버팀목을 충당했다. 그 과정 내내 에스텔은 손가락만 빨며 지켜볼 따름이었다.

"저기, 제가 뭔가 도와드릴 거라도……."

"없어."

텐트를 친 적시운은 짐칸에서 식량을 꺼냈다. 북미 제국의 군용 식량인 NAE－레이션. 제이콥의 방에 쌓여 있던 물건이었다.

1인용 패키지엔 베이컨과 옥수수 통조림 등 8가지의 색다른 반찬이 들어 있었다. 거기에 자체 발열이 되는 수프 캔까지 구비되어 있다는 게 백미였다. 맛도 꽤나 준수한 편이며, 무엇보다 양이 만족스러웠다. 한때 블레이드 디어의 훈제육으로만 버텨야 했던 적시운에게 있어선 진수성찬이나 다름없었다. 에스텔의 입장은 또 달랐지만.

"그걸…… 먹어야 하나요?"

"싫으면 나야 좋고."

군용 식량이 풍족하긴 해도 무한하진 않다. 조금이라도 입을 덜 수 있으면 적시운이야 환영할 일이었다.

'내가 무슨 몸종도 아니고 말이지.'

생각해 보면 그녀를 납치한 거지, 모시고 다니는 건 아니지 않던가?

구태여 편의를 제공하고 배려해 줄 필요까진 없어 보였다.

'한두 끼 안 먹는다고 죽는 것도 아니고.'

적시운은 그녀에 대한 관심을 끊었다. 그에게 있어 에스텔은 '어떻게 처리할지 골치 아픈' 대상일 뿐, '어떻게 데리고 다닐지 고민해야 할' 대상은 아니었다.

적시운은 통조림을 까고 반찬 봉지를 뜯었다. 일회용 그릇을 펼쳐 놓고 음식들을 쏟았다. 마지막으로 수프가 담긴 용기의 끈을 당기니 알아서 끓어오르기 시작했다.

취이이.

달달한 향을 담고 흘러나오는 김.

지켜보던 에스텔의 입이 꼴깍 하는 소리를 냈다.

꼬르르륵.

때마침 흘러나오는 아랫배의 화음. 생각해 보면 납치된 이래 한나절 동안 무엇 하나 입에 대지 않았던 그녀였다.

"저, 저기요."

적시운은 물끄러미 그녀를 보았다. 부른 이유를 뻔히 알텐데도 내색하지 않으니, 에스텔로선 야속하다는 느낌만 들었다.

"꼭 제 입으로 직접 얘기해야만 속이 풀리겠어요?"

"그런 건 아니지만."

적시운은 딱 잘라 말했다.

"최소한 네 입장을 자각했다는 태도쯤은 보여줘야 한다고 보는데."

"……."

에스텔은 결국 백기를 들었다.

"부탁이에요. 저도 같이 식사를 하게 해주세요."

적시운은 NAE-레이션 상자를 하나 건넸다. 내심 아깝다는 생각을 지우지 못한 채.

종이 상자를 받아 든 에스텔이 난감한 표정을 지었다.

"저, 이걸 어떻게 해야 하는 거죠?"

"뜯어."

"그런 다음에는요?"

"내가 하는 거 봤을 것 아냐?"

"보, 보기는 했는데……."

적시운은 혀를 찼다.

"이래서 애들을 오냐오냐 키우면 안 되는 거야. 다 큰 처자한테 걸음마 하는 법, 숟가락 잡는 법까지 일일이 가르쳐야 하니."

"어, 어린애 아니거든요?"

"알아. 그래서 다 큰 처자라고 했잖아."

적시운은 그녀의 밥상을 세팅해 줬다. 플라스틱으로 만들어진 포크와 숟가락을 든 에스텔이 얼굴을 붉혔다.

"저, 저기요."

"포크로 찍어 먹고 숟가락으로 퍼먹으면 돼. 수프는 뜨거우니 바로 먹지 말고 식혀서 먹고."

"그, 그런 걸 물어보려던 게 아니었어요!"

"그럼 뭔데?"

에스텔은 고개를 푹 숙였다. 발갛게 익은 얼굴을 보여주지 않기 위해서였다.

"고마워요."

"그러지 않는 게 좋을걸."

"예?"

"쉽게 고마워하거나 쉽게 비난하는 것. 어느 쪽이 됐든 이 황무지에서 해봤자 좋을 게 없는 일이야. 전자는 호구 취급 당하기 쉽고, 후자는 적개심을 사기 쉬우니까."

적시운은 베이컨 조각을 우물거렸다.

"뭐, 어차피 네게 말해봐야 의미는 없겠군."

"어째서죠?"

"무사히 구조된다면 다시는 이런 곳과 얽힐 일이 없을 테고, 그게 아니라면 살아남지 못할 테니까."

"······."

어색한 분위기 속에 식사가 진행됐다. 적시운은 음식들을 최대한 천천히, 충분히 씹어 먹었다. 위에 부담을 주지 않기 위해서이기도 했지만, 이 진수성찬을 최대한 오래 음미하고 싶었기 때문이다.

그런데도 에스텔보다 빠르게 식사를 마쳤다. 적시운이 간이 식판을 비웠을 때, 그녀의 음식들은 절반 이상이 남아 있었다.

"생각보다 맛은 괜찮네요."

적시운이 오른뺨을 가리켰다. 그것을 본 에스텔이 의아한 표정을 지었다.

"수프, 묻었다고."

"아."

에스텔이 움찔하더니 곤란한 얼굴을 했다.

"어쩌죠?"

"뭐가?"

"냅킨이 없으니 뭘로 닦아야 할지……."

"옷으로 닦든지 손으로 닦아."

"네에?"

도저히 말도 안 된다는 표정.

적시운은 살짝 짜증이 났다.

"일단 남은 거나 마저 먹어. 닦을 거리를 찾아주지."

"저, 이젠 배가 고프지 않아서요."

"그래도 최대한 배를 채워두는 편이 좋을 텐데. 아무 때나 마음 놓고 식사할 수 있는 건 아니라서."

"괜찮아요. 곧 동료들이 구해주러 올 테니까요."

적시운은 어깨를 으쓱했다.

"그렇다면야."

적시운은 간이 식판을 낚아채다시피 하고는 남은 음식들을 먹어치웠다.

그 광경에 에스텔의 표정이 미묘하게 일그러졌다.

"남이 먹던 것을……."

"남이 먹던 음식은 음식도 아닌가? 상한 것도 아니고 독이

든 것도 아닌데 못 먹을 것도 없지."

"귀족의 식사 예법에 어긋나요."

적시운은 푸핫 하는 소리를 냈다. 명백한 비웃음에 에스텔의 얼굴이 딱딱하게 굳었다.

"그 반응은 뭐죠?"

"가짜 귀족의 예법 타령에 보일 법한 반응."

"뭐라고요?"

자리를 박차고 일어난 에스텔이 두 손을 부르르 떨었다. 적시운이 보기엔 그저 우스울 따름이었지만.

"가, 감히 라트린 후작가를 능멸하다니!"

"기껏해야 30년도 되지 않았을 짝퉁 귀족 아닌가? 하여간 웃기는 나라라니까. 세계 최고의 연방제 공화국이었으면서 왕정으로 수백 년을 퇴화해 버리다니."

"퇴화라고요? 지금 제국을 모욕한 건가요?"

적시운은 팔짱을 꼈다.

"딱히 모욕한 건 아냐. 다만 세계 최고의 국가가 이상한 형태로 퇴화한 게 안타까울 뿐이지."

"세계 최고의 국가라니요?"

"미합중국. 세상을 지배했던 지구 제일의 강대국. 너희 역사이니 나보다는 너희가 더 잘 알 것 아냐?"

"미합중국이 뭐죠?"

적시운은 망치로 한 대 얻어맞은 기분이었다.

"뭐야?"

"원래 이 아메리카 대륙은 원시의 땅이었어요. 마수들은 대지 위를 활보하고 인류는 분열된 채 힘겨운 싸움을 해나가야 했죠."

뭔가 적시운이 알고 있는 역사와 빗나가 있는 느낌. 일단은 더 들어보기로 했다.

"그 와중에 그분이 나타나신 거예요."

"누구?"

"하늘이 내려주신 아메리카의 황제이자 인류의 보호자이신 라자루스 1세께서요."

"⋯⋯."

적시운은 그리 오래지 않은 기억을 떠올렸다. 미네르바로 검색했을 때 무려 100개도 넘게 나오던 황제 찬양가들. 그때 어느 정도 눈치를 채긴 했지만, 국가 규모의 세뇌 작업이 실로 엄청난 모양이었다.

'최소한 한 명은 제대로 세뇌됐군.'

북미 제국의 역사는 30년. 그러나 물밑 작업은 그 이전부터 있었을 것이다.

'미합중국이 타 국가들과 단절된 것이 족히 100년은 되었으니.'

블랙 링이 나타나고 마수들이 나타난 이후, 미국은 10년을 채 버티지 못한 채 패배했다. 그 뒤로 이어진 전쟁 기간만 족히 50년은 되었다. 현세대와 전 세대를 세뇌하기엔 불가능해도 새로이 태어난 신생 세대를 세뇌하기엔 충분한 시간인 것이다.

그리고 대개 이런 경우, 믿음의 근간을 건드리는 짓은 그다지 현명한 일이 아니었다. 그런데도 하고 싶은 게 인간의 마음이지만.

"북미 제국 이전엔 미합중국이 있었어. 전제군주정이 아닌 민주공화정을 채택한 국가가 말이야."

"무슨 말도 안 되는 소리를 하는 거예요? 황제 폐하 이전엔 나라 자체가 존재하지 않았어요."

"네 말대로 제국 이전에 원시 세계만 존재했다면, 지금 지상에 남아 있는 도시의 흔적들은 뭐지?"

믿음의 근간을 뒤집고 들어가는 공격. 그러나 에스텔은 흔들리지 않았다.

"그건 고대 문명의 흔적이에요."

"고대가 아니라 불과 백 년도 안 된 과거의 문명인데?"

"그건 당신이 잘못 알고 있는 거예요. 최초이자 유일한 황제이신 라자루스 1세께서 그렇게 말씀하셨어요."

"아니, 엄밀히 따지면 황제 자체도 최초가 아닌데……."

미국으로만 한정 지어도 19세기 중엽 샌프란시스코의 노턴 1세가 있긴 했다. 물론 그는 과대망상증 환자였고, 반쯤은 샌프란시스코 시민들의 구경거리였지만 말이다.

그래도 사후의 평을 보자면 역대 어느 황제보다도 뛰어나다 할 수 있었다.

'누구의 것도 탐하지 않았고 누구에게도 해가 되지 않았으며, 만인에게 사랑받았다.'

옛 기록을 읽으며 감탄했던 기억이 새록새록 떠올랐다.

'그에 비하면 이쪽 황제는……'

자세한 것은 알지 못한다. 그래도 훌륭한 황제라는 생각은 딱히 들지 않았다. 진정 훌륭했다면 철이 지나도 한참 지난 신분제 따위가 남아 있지 않았을 테니.

생각에 잠긴 적시운을 보며 에스텔은 고개를 설레설레 저었다.

"당신은 평민이니 엉터리 정보에 현혹되기 쉬울 거예요. 제가 이해하겠어요. 하지만 그렇다고 해서 진실이 바뀌진 않아요."

"아, 그래. 그렇다고 치지."

적시운은 관두기로 했다. 세뇌당한 사람 앞에 진실을 들이대 봐야 돌아오는 반응은 대개 격한 반감뿐이었다.

'쟤가 뭐라 생각하든 내 알 바도 아니고.'

적시운은 짐칸을 뒤져 총기 손질용 헝겊을 가져왔다. 그것을 에스텔에게 내미니 한참을 멍하니 쳐다봤다.

"이게 뭐죠?"

"그걸로 입가 닦으라고."

"이런 걸로요?"

"싫으면 말고."

"아, 아니에요."

적시운이 도로 가져가려 하자 에스텔이 황급히 헝겊을 받아 들었다. 그러고도 한참을 고민하더니 어렵사리 음식물을 닦아냈다.

'이건 뭐 세 살배기 어린애도 아니고.'

간단한 행동 하나도 제대로 할 줄 아는 게 없었다. 적시운으로선 그저 한숨이 나올 따름이었다.

"……!"

순간 그의 감지망에 와닿는 느낌.

적시운은 입가에 검지를 가져다 댔다. 다행히 에스텔은 그 의미가 뭔지 묻는 대신 입술을 꼭 다물었다. 그래도 간단한 제스처 정도는 알아먹는 모양이었다.

'고작 이런 걸로 안도해야 하나.'

내심 한심함을 느끼는 것도 잠시. 적시운은 소총을 어깨에 멘 채 텐트 밖으로 향했다.

접근하는 인기척은 모두 셋. 한데 뭉쳐 있는 걸 보면 이쪽을 노리고 다가온다기보다는 그냥 지나쳐 가는 듯했다.

'근방에 촌락이 있다는 소리인데.'

선택지는 크게 둘이었다.

'무시하고 보내거나, 접촉하거나.'

물론 접촉 방식은 여러 가지가 될 수 있었다.

다행히 저쪽은 이쪽을 눈치채지 못한 모양. 결국 선택권은 적시운에게 있는 셈이었다.

'그럼 어떻게 한다?'

6

황무지에선 어느 누구도 믿을 수 없다. 그러나 그것이 곧 보이는 자를 모조리 척살해야 하는 이유가 되진 않는다.

위험하지 않고, 정신이 나가지 않았으며, 최소한의 상식을 지닌 상대. 그 정도라면 전투 이외의 교류를 충분히 할 수 있는 대상인 것이다.

오소독스에선 그게 안 됐다. 토마호크 놈들은 정신 나간 노예상이었으며 폭염의 마녀는 지나치게 위험했다. 무엇보다 적시운 본인에게 교류 따위를 할 여유가 없었고.

지금은 상황이 좀 달랐다. 추격자를 달고 있긴 해도 그때에 비하면 여유가 있는 편이었다.

'어디……'

적시운은 바위틈에 매복한 채 감지망을 펼쳤다. 불청객들은 아무것도 눈치채지 못한 듯했다.

가볍게 무장한 일행이었다. 무기라고는 낡은 볼트 액션식 소총과 싸구려 피스톨이 전부.

군데군데 찢어진 코트 사이로 구멍 숭숭 난 방탄복을 착용하고 있었다.

'행상인인가?'

말인지 황소인지 모를 괴이한 생물이 수레를 끌고 있었다. 수레 위엔 각종 잡동사니가 쌓여 있었고.

그들이 적당히 접근했을 때 적시운은 기척을 냈다.

"당신들, 행상인인가?"

"누구냐!"

날 선 반문이 돌아왔다. 갑작스러운 기척에 놀란 사람이 보일 법한 반응이었다.

적시운은 바위 틈새로 몸을 내밀었다. 혹시 모를 사격에 대비하여 배리어를 쳐 두고서.

"몇 가지 묻고 싶은 게 있는데."

행상인들은 무기를 내렸다. 가장 나이 많아 보이는 사내가 대표 격으로 입을 열었다.

"여행자인 모양이로구려."

"당신들은 행상인이고?"

"보시다시피."

중년 사내가 손으로 수레를 가리켰다. 그곳으로 시선을 돌린 적시운은 입이 근질근질해졌다.

"폐품업자일지도 모르겠다는 생각이 불현듯 드는데."

"보기엔 저래도 제법 쓸 만한 물건이 많다오."

"뭐, 됐어. 잡동사니보단 정보가 필요한 입장이라."

"미안하오만 우리 또한 정보상은 아니라서 말이오."

"사례는 하지."

적시운은 큼지막하게 숫자 100이 새겨진 엠파이어 달러 지폐를 흔들어 보였다. 세 행상인은 생선을 본 고양이처럼 눈을 빛냈다.

"그렇다면야 기꺼이 도와드리지요."

적시운은 픽 웃었다. 역시 돈의 위력은 만국 공통인 듯했다.

"이 근방에 묵을 만한 부락이 있나?"

"있기는 하오만……."

적시운은 지폐를 던졌다. 지폐는 염동력의 기류를 타고서 행상인들 한가운데로 날아들었다. 3개의 손이 반사적으로 튀어나온 가운데, 지폐를 낚아챈 이는 리더 격의 중년 사내였다.

"흠흠……."

"돈을 받았으니 이제 돈값을 하셔야지?"

"여기서 북쪽으로 10㎞쯤 가면 로즈타운이 나올 것이오. 무허가 촌락이지만 치안 상태도 괜찮고 인구도 제법 되오. 사람들도 친절하고 물자 또한 풍족하지."

"동쪽이나 남쪽으로는?"

"남동쪽으로 20㎞ 거리에 매그빌이란 촌락이 있긴 하오만, 추천하지는 않소."

"치안 상태가 엉망인 모양이지?"

"그렇다오. 매그빌을 두고 갱단 둘이 한창 치고받는 중이거든."

"그래?"

적시운은 잠시 고민에 잠겼다.

'마을에 들르지 않고서 협곡을 통과하는 편이 나을지도.'

안 그래도 북쪽으로 꽤나 올라왔는데, 여기서 더 올라가기는 꺼려졌다. 그렇다고 한창 내전 중인 마을에 들르는 것은 더더욱 피할 일이었고.

"몇 가지만 더 묻지."

적시운의 말에 중년 사내가 비굴한 미소를 띠었다.

"좋소이다. 적합한 대가만 지불한다면야……."

"웃기지 마. 조금 전에 건네준 것만으로도 충분하고도 넘친다는 건 다 아니까."

"황야의 시세란 생각보다 무거운 법이라오."

적시운은 픽 웃었다. 좋게 넘어가려 하니 사람이 호구로 보이는 모양이었다.

"암만 무거워 봐야 목숨값보다 무거울까?"

"……지금 협박하시는 거요?"

"응, 멍청한 새끼들아."

한순간이었다. 행상인들이 합이라도 짠 듯 거의 동시에 총구를 들어 올렸다. 그리고 그들의 총은 바로 다음 순간 거짓말처럼 분해되어선 후드득 떨어졌다.

"헉?"

적시운은 성큼성큼 세 사람 사이로 걸어갔다. 그러고는 소총을 몽둥이 삼아 그들의 명치와 정강이, 정수리와 오금을 후려쳤다.

"허억!"

"끄아악!"

저항 한 번 못 한 채 난타당한 행상인들이 바닥에 널브러졌다. 그들이 거품을 흘리며 꿈틀거리는 동안, 적시운은 수레로 다가가 물건을 살폈다.

겉보기에는 그저 그런 폐품들뿐. 그러나 육안 이상의 감지 수단을 지닌 적시운은 그 내부를 꿰뚫어 보았다.

표면의 잡품들을 치우니 진짜배기가 나타났다. 말끔한 상태의 붕대와 약품들. 가지고 다녀서 손해 볼 일은 절대 없는 물건들이었다.

적시운은 피식 웃었다.

"이럴 줄 알았지."

꺽꺽거리던 중년 사내가 눈을 부릅뜨고서 경악했다.

"아, 안 돼! 그걸 가져가면 우린 굶어 죽게 되오. 오매불망 내가 돌아오기만 기다리는 아내와 아이들을 봐서라도 좀 봐 주시구려!"

"아, 그래. 거기다 애들 중 하나는 불치병에까지 걸려 있으면 딱이겠네."

"어, 어떻게 아셨소?"

"너 같은 놈들 수작이야 뻔하니까."

"수작이 아니라 정말……."

"네 동료들한테 물어볼까? 정말인지 거짓말인지?"

끙끙대고 있던 나머지 둘이 몸을 움찔했다.

적시운은 그들을 향해 싸늘한 어조로 말했다.

"저놈한테 아내와 자식이 있나? 있다고 대답하면 너희 머리에 구멍을 내겠다."

"그, 그건 억지……!"

중년 사내가 항의하려 했으나 동료들의 외침이 더욱 컸다.

"없습니다. 없어요! 저 자식 마누라는 저놈 버리고 도망친 지 오랩니다."

"자식새끼는커녕 키우는 동물 한 마리 없습니다!"

"······."

사내의 얼굴이 죽을상이 됐다. 적시운은 나직이 혀를 찼다.

"어차피 100달러면 이거 정가에 사고도 남을 금액이잖아. 우는 소리 작작하시지."

"······."

"너희한테 용무는 더 없어. 서로 다시는 만나지 않길 바라자고."

적시운이 걸음을 옮기자 중년 사내가 움찔했다.

"주, 죽이지 않는 거요? 돈도 빼앗지 않고?"

"그럴 가치도 없으니까."

차갑게 대꾸한 적시운이 멀어졌다. 세 행상인은 망연자실한 얼굴로 그 뒷모습을 바라봤다.

트럭 쪽으로 돌아오니 총구가 적시운을 겨누고 있었다. 에스텔이었다.

짐칸에서 소총을 하나 빼 온 모양. 적시운은 그녀를 힐끔 보고는 짐칸으로 향했다.

"쏠 각오가 되어 있다면 쏴. 그다음은 책임지지 않는다."

"……쏠 생각 같은 거, 없어요."

"그럼 왜 총을 들고 있는데?"

"당신이 저 사람들을 해치려 들면 막아야 한다고 생각했으니까요."

"대단한 성인군자 납셨네."

적시운의 비꼬는 말에 에스텔은 얼굴을 붉혔다.

"왜 저들을 그냥 보내주었죠? 당신을 속이려 했고, 해치려 했는데?"

"꼭 내가 놈들을 죽였어야만 했다는 듯이 말하는군?"

"그런 건 아니지만……."

적시운은 한숨을 뱉었다.

"네가 날 어떻게 생각하는지는 모르겠지만, 난 사람 죽이는 데 희열을 느끼는 연쇄 살인마가 아냐. 뭐, 그렇다고 절체절명의 상황에서 멍청하게 갈등하지도 않겠지만."

"……."

"게다가 어느 정도는 내가 이렇게 되게끔 유도한 면이 있기도 하고."

"네? 그게 무슨 소리죠?"

"고작해야 질문 한두 개에 100달러를 성큼 내놨으니, 놈들 입장에선 내가 돈만 많은 호구라고 여기는 게 당연하겠지."

에스텔은 어안이 벙벙해졌다.

"그러니까, 그들이 당신을 위협하게끔 일부러 유도했다는 건가요?"

"그래."

"어째서요?"

"그 자리에서 그냥 헤어졌다면 놈들이 반드시 추격대를 몰고 왔을 테니까."

"추격대요?"

"그놈들, 평범한 행상인이 아냐. 필시 뒤를 봐주는 세력이 있겠지. 아마 지나가는 여행자와 접촉한 다음 윗선에 보고하는 역할이겠지. 혹은 자기네 본거지로 유인하거나."

"그걸 어떻게 알았어요?"

"로즈타운."

"네?"

"약탈자와 강도 놈들이 득실거리는 동네에 치안 좋고 물자 풍족한 마을 따위가 있을 리 만무하지. 돈 받고도 개소리를 지껄인다면 그 배경이야 뻔한 것 아니겠어?"

"고작 그 정도 추측만으로……."

"고작 그 정도의 추측이 내 목숨을 구한 적이 부지기수니까."

적시운이 딱 잘라 말했다. 반론의 여지를 허락하지 않는 말투였다.

에스텔은 고개를 주억거렸다. 이해했다기보다는 타성적인 반응에 불과했다.

적시운은 개의치 않았다. 어차피 그녀가 알아들을 거란 기대도 하지 않고, 이해하지 못하더라도 상관없었다.

"그리고 총으로 사람을 위협하려거든 먼저 탄환이 들었는지부터 확신하시지."

"이거, 총알이 없어요?"

"내가 다 빼놨으니까."

적시운은 그녀의 손에서 소총을 낚아챘다.

"남의 물건에 함부로 손대는 건 잘나신 귀족의 예법에 어긋나지 않을까 싶은데."

"미안해요."

에스텔이 가식 없는 태도로 말했다.

"됐어. 내가 너희처럼 예법 따지는 꼰대도 아니고."

"그게 아니에요. 당신에 대해 오해해서 미안하다는 거예요."

"오해하든 말든 상관 안 해. 방해하지만 말라는 거지."

에스텔은 백기를 든 표정이 되었다.

"좋아요. 이 얘기는 그만하죠. 이제부터는 어떻게 할 생각이에요?"

"에메랄드 시타델로 간다."

적시운은 딱 잘라 말했다.

"그곳에서 헤어지면 되겠지. 그러면 너도 안전하고, 나도 최소한 사냥당할 일은 없겠지. 너희 길드가 암만 대단해도 남의 도시에서 깽판을 치진 않을 것 아냐?"

"에메랄드 시타델이라면 오스카 백작님의 영지로군요."

"그렇다더군."

잠시 고민하던 에스텔이 말했다.

"지금 저와 제 동료들에게 돌아가자고 한다면, 역시 반대할 건가요?"

"그래, 덫 안으로 걸어 들어가는 취미는 없으니까."

"저를 믿지 못하는군요?"

"네 말마따나 네가 동료들에게 진실을 얘기한다고 치자."

적시운은 감정 없는 어조로 말했다.

"그 동료들이 '아, 그랬구나' 하고 납득하고 넘어갈 가능성이 얼마나 된다고 생각하지?"

"그건……."

"얼마나 된다고 생각하지?"

에스텔은 고개를 푹 숙였다.

"그럴 가능성은 거의 없겠죠. 네, 저는 그저 보살핌을 받는 입장에 불과하니까요."

그들이 어려워하는 것은 라트린 후작뿐. 에스텔의 말을 귀

담아들을 가능성은 낮았다.

'게다가……'

아마도 그녀의 실종 사실조차 후작에게 알리지 않았을 가능성이 높다. 그 사실이 후작의 귀에 들어갔다간 길드가 풍비박산 날 것이 뻔했고, 결국 입막음을 하려 들 것이었다.

그리고 그 입막음의 대상은 하나뿐이었다.

"그들은 당신을 제거하려 할 거예요."

에스텔이 말했다.

"그래도 제가 지켜드릴 수 있어요. 큰아버님께 모두 말하겠다고 그들에게 경고한다면……"

"네가 모르게끔 날 죽이려 하겠지."

"아……"

"게다가 난 네 말 또한 신뢰하지 않아."

"당신은 타인을 신뢰하지 않는군요."

"아니."

적시운은 딱 잘라 말했다.

"어떤 것도 신뢰하지 않는 거지."

"빌어먹을 새끼."

중년 사내는 침을 탁 뱉었다. 피 섞인 침은 황무지의 붉은 토양 속으로 흡수되어 사라졌다.

"두들기고 위협하면 누가 겁먹을 줄 알고? 씨발 새끼, 너 오늘 사람 잘못 건드렸다."

적시운 앞에선 한마디도 꺼내지 못했던 표현들을 사내는 분풀이하듯 연신 나불거렸다.

사내는 혼자였다. 수레를 끄는 뮤턴트 캐틀(Mutant Cattle), 유전자 변형 축우만이 곁에 있을 따름이었다.

동료들은 머리에 바람구멍이 난 채로 버려진 뒤. 사내가 직접 쏘아 죽였다. 약간의 위협만으로 변절하여 주둥아릴 나불대는 놈들을 살려둘 이유 따윈 없었으니까. 물론 그 혐의는 고스란히 그 동양계 개자식이 뒤집어쓰게 될 터였다.

"조금만 기다려라, 빌어먹을 짱깨 놈. 주둥이를 찢어 내 발바닥을 핥게 만들어주마."

그의 배후엔 로즈마리 갱단이 있었다. 로즈타운을 본거지로 한 무리로, 알폰소 협곡을 주름잡는 5대 세력 중 하나였다. 일개 부랑자 따위가 감당할 수는 없으리라.

복수의 시기는 이미 코앞까지 다가와 있노라고 사내는 생각했다. 로즈타운에 도착하기 전까지는.

"뭐, 뭐야?"

마을이 불타오르고 있었다. 시커먼 연기 위로 두 줄기의 헤드라이트가 번뜩였다. 흉물스럽기까지 한 거대 비행선이었다.

"히익!"

에메랄드 시타델의 정규군일까? 하지만 그 게으른 놈들이 왜? 놈들이 아니라면 또 다른 누군가일까? 그렇다면 대체 어떤 놈들이?

생각은 거기까지였다. 불길 속에서 날아든 총탄이 사내의 심장을 꿰뚫었다.

"꺽……!"

바람 빠지는 소리와 함께 고꾸라지는 사내.

사격을 가한 이는 늘씬한 몸매의 여성이었다. 그녀의 어깨에 새겨진 그림은 3개의 머리를 지닌 흉포한 사냥개, 케르베로스였다.

제7장
케르베로스

1

좀 더 여유가 있었으면 좋겠다.

적시운이 명상을 취할 때마다 머리에 떠오르는 생각이었다.

천마신공의 이론과 개념은 머릿속에서 차곡차곡 정리되고 있었다. 다만 그것을 육체에 각인할 여유가 턱없이 부족했다. 마음 놓고 초식 단련을 하고는 싶은데 그럴 수가 없었다. 정신의 일부를 항상 주변을 살피는 데에 쏟아야 했기 때문이다.

언제 추격자나 약탈자가 나타날지 알 수 없다. 협곡에 서식한다는 마수들 또한 주의해야 했다. 그러다 보니 온전히 수련에 집중할 수가 없었다.

기껏해야 기초적인 동작을 반복하는 것이 전부였다. 그나마도 밤에만 짬이 났다. 낮에는 계속해서 트럭을 몰아야 했기 때문이다.

길은 거칠고 신경 쓸 것도 많았다. 더 이상 차량으로 이동할 수 없는 지형이 넘쳐 나, 결국 협곡 아래쪽과 위쪽을 오르내려야만 했다.

운전하는 적시운만큼은 아니어도 에스텔 또한 지칠 수밖에 없었고, 그녀는 텐트를 치자마자 잠들어버리고는 했다.

반면 적시운은 피로를 그다지 느끼지 않았다. 1시간이 조금 넘는 운기토납만으로도 피로를 충분히 회복할 수 있었던 것이다.

그렇게 얻어낸 천금 같은 여유. 적시운은 고독을 벗 삼아 수련에 매진했다.

우선적으로 체득하기로 결심한 것은 보법. 천하보의 기본 걸음이라 할 수 있는 유엽하(柳葉河)의 식이었다.

'유연함으로 기초를 닦아 강함의 토대를 세운다. 이를 이룩한다면 일천 근의 경력을 싣고도 허공을 짓칠 수 있으리니.'

천마의 음성을 머릿속에 반복 재생시켜 놓고는 동작에 집중했다. 거친 움직임이 전혀 없음에도 삽시간에 온몸이 땀으로 홍건해졌다.

그나마 이렇게 수련할 수 있는 밤은 사흘에 한 번꼴이었다. 대부분은 모래 폭풍이 불어닥쳐 텐트 안에 짱박혀 있어야 했다.

그렇기에 이따금 생겨나는 수련의 시간이 소중했고, 집중도 잘되는 느낌이었다.

[제법 근성이 있구먼. 본좌가 후계자를 제대로 고른 것 같단 말이지.]

천마는 흡족한 듯 중얼거렸다. 여느 때와 마찬가지로 적시운의 머릿속에서.

"웃기고 계시는군. 어차피 다른 선택지도 없었으면서."

[그랬지. 그래도 좋은 게 좋은 것 아니겠는가?]

"당신, 원래 이렇게 서글서글한 성격이었어?"

묻고 나니 새삼 후회가 됐다. 애초에 적시운의 머릿속에 남은 건 진짜 천마가 아니었다. 그가 남긴 찌꺼기와 적시운의 무의식이 결합된 괴인일 뿐.

"내 편집증의 증거이기도 하고 말이지."

[그렇게 자학할 것은 없네. 누구에게나 기대고 의지할 만한 상상의 친구 하나쯤은 필요한 법이거든.]

"그 상상의 친구가 우락부락한 노인네인 미친놈은 나뿐일 거다."

적시운은 한심한 기분에 한숨을 내쉬었다.

"기왕이면 잘 빠진 미녀였다면 좋을 텐데 말이야."

[미녀라면 자네 곁에 이미 있지 않나?]

에스텔을 말하는 것일 터. 확실히 그녀는 고전적인 의미의 서구 미인상이었다. 금발 벽안에 조각 같은 외모를 지니고 있었으니 말이다. 원피스 형태의 전투복에 가려져 있긴 해도 몸매 또한 상당히 굴곡 있는 편이었다.

[선량하고 제법 생각도 깊은 처자 같더군. 무엇보다 둔부가 큼직한 것이 아기도 순풍순풍 잘 낳을 것 같으이.]

"……앞뒤 문장의 맥락이 전혀 연결되지 않잖아. 게다가 그 둔부 타령은 또 뭐야?"

[그만큼 자네가 굶주려 있다는 뜻이지.]

적시운은 끙 하는 소리를 냈다. 반박할 여지가 없는 말이었기 때문이다.

색정광이라고는 할 수 없겠지만 그 또한 남자였다. 한창 물오른 연령의 미녀가 바로 옆에 흐트러져 있는데 갈등이 생기지 않을 리 없었다.

지금까진 그래도 괜찮았다. 상황이 급박하고 신경 쓸 것도 많아서 생리적 욕구에 신경을 쓸 겨를이 없었다. 하지만 그게 앞으로도 문제가 없으리란 보장은 되지 않았다.

"무학에 힘쓰는 입장이라면 여자나 욕망 따위에 정신이 팔려선 안 되는 것 아냐?"

[아니, 오히려 그 반대일세.]

천마는 딱 잘라 말했다.

[인간의 욕구에 한없이 충실할 것. 자기 자신을 긍정하고 받아들일 것. 천마신공의 무리(武理)는 거기서부터 시작된다네.]

"누가 마공 아니랄까 봐……."

[마공이란 것도 결국은 정파의 위선자들이 멋대로 씌워놓은 허울일 뿐일세. 겉만 번지르르한 놈들에 비하면 본좌나 본교의 수하들은 한없이 인간적이라 할 수 있을 것일세.]

평소보다 말이 많은 천마의 모습에 적시운은 약간 놀랐다.

[그것을 마(魔)라고 불러야 한다면 기꺼이 천마의 이름을 취해주리라. 본좌는 그런 마음가짐으로 살았다네.]

"천마……."

[지금의 본좌는 어디까지나 자네의 의식 귀퉁이에 남아 있는 옛 기억의 파편에 불과하네만, 이것만은 조언하고 싶군.]

천마는 전에 없이 진지한 태도로 말했다.

[자네의 길은 자네 자신이 걷는 것이네. 타인들이 그에 대해 왈가왈부한다 하여 신경 쓸 것은 없네. 빼앗아야 한다면 빼앗고 쳐부숴야 한다면 쳐부수게. 자네를 비웃는 자들 앞에서 더 큰 웃음으로 되갚아주게.]

"……."

적시운은 어떻게 반응해야 할까 고민하다가 쓴웃음을 지었다.

"말은 쉽지. 그것도 결국은 힘이 있어야 가능한 일이잖아?"

[천마신공이 이를 가능케 해줄 것이네.]

천마는 단언했다. 그의 이름에 걸맞은 오연한 태도로.

[본디 자네가 지닌 힘과 본좌의 유산이 하나가 된다면 세상 어느 누구도 자네에게 대적할 수는 없을 것이네.]

미로와도 같던 협곡에도 마침내 종착점이 나타났다. 남동쪽에 위치한 입구. 과거에는 큰 강의 하구였을 것으로 추정되는 지형이었다.

적시운의 트럭은 그 골짜기 안쪽에 있었다. 마음 같아선 낭떠러지 위쪽을 고수하고 싶었지만, 험난한 지형 때문에 중간부터는 골짜기 안쪽으로 이동해야만 했다. 덕분에 혹시 모를 기습에 대비해 항시 긴장해야 했다. 그 고난의 기간이 마침내 끝난 것이다.

"……라고 한다면 너무 무난하겠지."

"네?"

에스텔이 의아한 얼굴로 돌아봤다.

"협곡을 통과하는 동안 약탈자 놈들과는 한 번도 마주치지 않았지. 네가 행운의 여신이라서 그런 것일까?"

"잘은 모르겠지만, 그거 비꼬는 말이죠?"

"반쯤은."

적시운은 트럭에서 내렸다. 협곡의 출구를 얼마 남겨두지 않은 위치였다.

커튼처럼 직립한 양쪽의 절벽 사이로 빛이 새어들고 있었다.

적시운은 에스텔에게 손을 내밀었다.

"뭐, 뭐예요?"

"며칠 동안 밥 얻어먹은 값을 해야지."

에스텔은 살짝 벌어져 있는 옷섶을 양손으로 여몄다.

"서, 설마?"

"무슨 생각을 하는 거야? 따라오기나 해."

"알았어요. 알았다고요."

에스텔은 투덜거리며 내려섰다. 그리고 얼마 걷지 않아 적시운이 말한 바를 이해했다.

"아……."

출구 바깥. 점토로 이루어진 평지에 반원형의 포위진이 구축되어 있었다. 물론 출구로부터 나오는 이를 포위하기 위한 진형이었다. 익숙한 얼굴들 위로 안도의 기색들이 드러났다.

'마침내!'라는 목소리가 들릴 것만 같았다.

그리고 그 중앙에서 악귀 같은 얼굴을 한 사내가 한 명 있었다. 케르베로스 길드의 제3공격대장인 맥빌이었다.

"네놈……!"

적시운을 본 그의 두 눈에서 불길이 이글거렸다.

적시운은 차분하게 권총으로 에스텔을 겨누었다.

"제게 기회를 주세요. 저들을 설득하겠어요."

에스텔이 말했지만 적시운은 고개를 저었다.

"놈들도 머저리가 아닌 이상은 진실을 알고 있을걸. 네가 무사한 것을 보고 어느 정도 확신했을 테고."

"당신이 우연히 휘말렸을 뿐이라는 것을요?"

"그래, 그런데도 포위진을 펼쳤다는 건 뻔한 거지."

"아……."

소리 없이 으르렁거리던 맥빌이 입을 열었다.

"이 근방의 부락을 하나도 남김없이 초토화시켰다. 빌어먹을 야만인 놈들의 시체가 몇인지 셀 수가 없을 지경이더군."

역시.

적시운은 속으로만 중얼거렸다.

행상인들을 살려둔 데엔 이런 계산도 포함되어 있었다. 에스텔에게 보란 듯이 떠들긴 했지만, 정말 추격의 가능성을 없애고 싶었다면 그들을 제거하는 것이 정답이었다. 고작 몇

대 두들겨 팬 정도로 추격의 가능성을 없앴다는 건 너무 안일한 생각이었던 것이다.

'오히려 복수의 불씨를 심었다면 모를까.'

그래서 적시운은 그들을 살려 보냈다. 발상의 전환을 한 셈이다. 만약 약탈자들이 움직인다면 그건 그것대로 좋았다. 기껏해야 한 명에 불과한 적시운을 쫓기 위해 세력 전체가 움직일 가능성도 희박했고, 소수의 추격자야 얼마든지 상대할 수 있었다.

'그리고 만약 놈들이 움직이지 않는다면……'

그만한 이유가 있다는 뜻일 테니 그건 그것대로 좋았다. 그리고 이 추측은 들어맞았다. 약탈자들은 움직이지 않았다. 아마도 움직일 수 없는 상황에 처한 것이리라.

'죽은 자는 움직일 수 없을 테니.'

적시운이 물끄러미 바라보자 맥빌은 뿌드득 이를 갈았다.

"배짱 하나만큼은 인정할 만하군. 곧 뒈질 운명인 놈이 눈썹 하나 꿈쩍하지 않으니 말이야."

"맥빌 공대장님!"

에스텔이 급히 소리쳤다.

"제가 설명할게요. 제 얘기를 들으시면 오해가 풀릴 거예요."

"에스텔 아가씨."

공대장이 공대원에게 쓸 법한 호칭은 아니었다.

"곧 구해드리겠습니다. 조금만 기다려 주십시오."

"그러실 필요 없다니까요? 제 얘기를 들어보시면······."

"아가씨를 구출하기 위해 일주일 내내 수색 작업을 계속했습니다."

선을 긋는 듯한 한마디였다. 표현은 공손했으나 어조는 위압적이었다.

"부디 그 점을 헤아려 주십시오."

"아······."

에스텔의 얼굴에 파문이 일었다. 그것을 본 적시운은 피식 웃었다.

"너 때문에 개고생했으니 닥치고 있으라는 말을 참 고상하게도 하는군."

흠칫.

공대원들의 얼굴이 순간적으로 경직됐다. 지극히 미세한 반응이었으나 적시운은 이를 놓치지 않았다. 에스텔 또한 마찬가지였다.

"곧 죽을 놈이 잔말이 많군."

맥빌이 살기등등한 얼굴로 뇌까렸다.

"제법 자신만만한 척을 하고 있지만 허세일 뿐이다. 네놈도 속으로는 체감하고 있을 테지? 여기서 벗어날 방법 따위는 없다는 걸 말이다."

"너라면 그렇겠지."

"흥! 서부 최고의 공격대를 앞에 두고 잘도 지껄이는군."

"너야말로."

적시운은 총구를 흔들어 보였다.

"너희를 개고생하게 만들긴 했어도 어쨌든 소중한 인질이니 말이야."

"흥."

맥빌은 코웃음을 쳤다. 겉으로도 속으로도.

놈과의 대화 따위는 잠깐의 여흥일 뿐!

이미 구출 작전은 오래전부터 진행되고 있었다. 스텔스 아머를 입은 채 배후에서 접근 중인 매복자들이란 형태로 말이다.

'앞으로 30미터.'

배후에서 급습, 놈의 멱을 따고 에스텔을 구출한다.

그 전까지 놈의 주의를 끌고 있으면 된다. 그리고 놈은 충분히 이쪽의 미끼를 힘차게 물었다. 지껄이는 말은 하나같이 화가 나게 하는 것뿐이었지만.

'지금 시원하게 떠들어 둬라. 뒈진 다음에는 주둥이를 놀리는 것도 불가능할 테니.'

"소용없어."

적시운의 한마디.

맥빌은 자기도 모르게 반문을 내뱉었다.

"뭐라고?"

적시운은 대꾸하는 대신 몸을 날렸다. 맥빌을 비롯한 이들의 육안으로 좇지 못할 속도로.

팟!

삽시간에 후방으로 이동해선 허공을 향해 권격을 날렸다. 은폐 중인 공격대원이 위치한 자리였다.

뻐억!

뼈가 부서지고 근육이 뒤틀리는 소리가 났다. 이윽고 허공에서 기역 자로 꺾인 육체가 나타났다. 몸을 감싸던 광학 위장 분말(Camouflage Dust)이 흩어져 내리고 있었다.

적시운은 이미 그 자리에 없었다. 삽시간에 다른 매복자 앞으로 이동해서는 똑같은 권격을 먹였다. 두 권격 모두 천랑섬권의 묘리를 충분히 담은 것. 개조 인간이나 초인이 아닌 이상은 버텨낼 수 없었다.

"꺼억!"

"크으윽!"

뒤늦은 신음성과 함께 매복자들이 고꾸라졌다. 맥빌을 비롯한 케르베로스 공격대원들은 믿지 못할 광경에 눈을 부릅떴다.

"어, 어떻게……?"

"이능력으로 감지할 수도 없었을 텐데?"

그들의 말마따나 매복자들은 이능력 교란용 아티팩트를 장비하고 있었다. 때문에 적시운의 염동력 감지망으로도 캐치할 수 없었다.

그러나 그들은 또 하나의 레이더를 벗어나진 못했다. 무인의 기감(氣感)이라 불리는 감지망을 말이다.

"그러니까 말했잖아."

적시운은 시큰둥하게 손을 털었다.

"소용없다고, 멍청한 새끼야."

2

적시운은 쓰러진 매복자들을 발로 찼다. 혼절한 매복자들은 에스텔의 발치까지 데굴데굴 굴러갔다. 그들의 몸이 발끝에 닿자 에스텔이 흠칫했다. 그사이 적시운은 이미 원래 자리로 돌아와 있었다.

"언제부터 알고 있었어요?"

적시운은 맥빌에게 시선을 고정한 채 대꾸했다.

"처음부터."

"……."

내가심법은 모든 무공의 근본. 호흡을 통해 체내에 기력을 축적함은 물론, 신경계를 단련하고 정신을 갈고닦는 효능을 지닌다.

그리고 천마결은 그 궁극이라 해도 과언이 아닌 심법. 적시운은 현시대로 귀환한 이래 이를 지속적으로 수련해 왔다. 특히나 오소독스를 떠나온 이후엔 더더욱.

몸을 움직이기 여의치 않은 상황이 많았기에 대부분의 시간을 명상과 심법에 투자했던 것이다.

그 결과 무인으로서의 기감이 상당히 증진되었다. 염동술사로서의 감지력에 필적할 만큼.

게다가 기감의 또 다른 장점은 이능 교란 아티팩트의 영향을 무시한다는 점이었다.

덕분에 적시운은 매복자의 존재를 앞서 간파했다.

그다음은 일사천리.

저들의 방심을 역이용하는 것쯤은 어려울 게 없었다.

하기야 누군들 방심하지 않을 수 있을까. 상대는 고작 하나. 소유한 장비도 변변치 않고 도움을 청할 곳조차 없을 텐데 말이다.

인질이 있다고는 하나 유리한 쪽은 자신들이다. 그렇게 생각할 수밖에 없었을 것이다.

"그 대가가 이것이고."

적시운은 혼절한 매복자들에게서 무기와 아티팩트를 챙겼

다. 권총으론 여전히 에스텔을 겨눈 채 염동력으로 물건들을 들어 올려 백팩에 담았다.

맥빌은 충혈된 눈으로 그 과정을 노려볼 따름이었다.

"네, 네놈……! 대체 어떻게……?"

"그걸 주절주절 떠드는 놈이 있으면 그야말로 병신 아닌가? 하긴 떠들지 않고서도 자기 계획을 간파당한 머저리도 있지만."

"죽여 버릴 테다!"

"그러긴 어려울걸."

"미친놈! 네놈 혼자서 우리 모두를 당해낼 수 있을 것 같으냐?"

"그렇다면 인질을 잡을 필요도 없었겠지. 정말 생각이란 걸 할 줄 모르는 건가?"

"크윽!"

맥빌이 벌겋게 된 얼굴로 손을 들어 올렸다. 공격 준비 신호였다. 그것을 본 케르베로스 공대원들이 난색을 표했다.

적시운은 픽 웃었다.

"인질 따윈 죽어도 상관없다는 건가? 조금 전에는 구해드리겠다더니? 게다가 이젠 한 명이 아닌 셋인데."

"큭……!"

맥빌은 이러지도 저러지도 못한 채 몸만 부르르 떨었다.

마음 같아선 인질들 따윈 신경도 쓰고 싶지 않았지만, 그럴 수는 없는 일이었다.

공대원들이야 죽더라도 좀 아쉬운 정도일 테지만, 에스텔이 해를 입었다간 공대뿐 아니라 그의 인생까지 풍비박산이 날 게 분명했다.

하지만 그렇다 해서 놈과 타협하고 싶진 않았다. 저 동양인 개자식만큼은 어떻게든 죽여야만 직성이 풀릴 듯했다.

"거기까지입니다, 맥빌 공대장. 우리가 졌어요."

차분한 음성이 뒤편에서 들려왔다. 맥빌은 울컥하여 일갈을 토했다.

"우리가 지다니, 그게 무슨 개소리냐!"

"매복 작전은 실패. 그 외에 에스텔을 구출할 방도는 마땅치 않습니다. 상황은 저 남자의 통제하에 있어요. 그걸 부정해선 안 됩니다."

이지적인 외모의 여성이었다. 숏컷 형태의 붉은 머리칼 아래로 날렵한 눈매가 자리 잡고 있었다. 매복자들이 입은 것과 비슷한 착 달라붙는 보디 슈트가 굴곡진 몸매를 훤히 드러냈다. 그 외에 인상적인 것은 어깨에 걸치고 있는 저격용 라이플일까. 원거리 딜러의 전형이라 할 만한 외형이었다.

"헨리에타 부공대장님……."

그녀를 확인한 에스텔이 중얼거렸다.

부공대장이라면 쉽게 말해 2인자라는 뜻. 맥빌 다음가는 지휘권을 지닌 인물이었다. 그런 인물이 공대장의 뜻에 반기를 든 것이다.

맥빌은 헨리에타라고 불린 여성을 향해 으르렁거렸다.

"그래서, 이제 와서 뭐 어쩌자는 거냐?"

"간단합니다. 그와 협상하자는 거지요."

"저 빌어먹을 노란 원숭이 놈과? 놈이 우리 공대원들을 쓰러뜨리는 걸 봤는데도 말이냐?"

"그의 입장에선 자기방어를 했을 뿐이죠. 게다가 그는 두 사람을 죽이지 않았습니다. 우리가 자신을 죽이려 했다는 걸 인지했음에도요."

"인질을 늘리기 위한 수작일 뿐이다."

"그렇다 하더라도 그게 협상하지 말아야 할 이유가 되지는 않습니다."

맥빌의 얼굴이 한층 벌게졌다.

"이제 와서 놈이 순순히 협상에 응할 리가 없잖나! 인질을 잡은 마당이니 우리의 골수까지 빼먹으려 할 거란 말이다!"

"그렇다면 어쩔 수 없겠지요. 애초에 그런 리스크를 안고서 작전에 임했던 게 아닌가요?"

"개소리!"

극도로 흥분한 맥빌이 적시운을 가리켰다.

"협상 따윈 없다! 저 개자식의 목을 당장 내 앞으로 가져와라. 이건 공대장으로서의 명령이다!"

케르베로스 공대원들은 명령에 따르지 않았다. 그저 불안한 얼굴로 맥빌과 헨리에타를 번갈아 볼 따름이었다.

"어쩔 수 없군요."

헨리에타의 눈매가 가늘어졌다.

"현 시간부로 케르베로스 제3공대장 맥빌 윌리엄스의 지휘권을 박탈하겠습니다."

"개소리! 네겐 그럴 권한이 없어!"

"제게는 없지요. 하지만 그분에게는 있습니다."

맥빌의 얼굴이 순간 경직됐다.

"그분이라니, 누구 말이냐?"

"이제 와서 그분이라 한다면 한 분밖에 없지 않을까요?"

"서, 설마……."

"엘모 라트린 후작님께서 제게 권한을 위임하셨습니다."

"……!"

맥빌의 얼굴이 하얗게 질렸다.

"네년, 네년이 후작에게 모두 불었구나!"

"네."

눈썹 하나 꿈쩍하지 않고 대답한 헨리에타의 입술이 희미한 미소를 그렸다.

"그리고 이 대화는 실시간으로 전송 중입니다. 수신 위치는 물론 후작님의 집무실이고요."

"개 같은 년이!"

분노한 맥빌이 무기로 손을 가져갔다. 레어 등급 근접 병기인 맥시멈 이온 블레이드(Maximum Ion Blade)였다.

하지만 헨리에타가 한 수 빨랐다. 맥빌이 발검하는 순간, 이미 그녀의 총구는 그의 미간을 겨냥하고 있었다.

"참고로."

타앙!

맥빌의 머리가 덜컥 흔들렸다. 이온 블레이드를 놓친 맥빌이 무릎을 꿇었다. 맥빌의 뒤통수에 난 구멍 너머로 포연을 흘리는 저격 소총의 총구가 생생히 보였다.

"당신에 대한 즉결 처분권 또한 후작님께 위임받았습니다."

맥빌은 대꾸하지 않았다. 죽은 자는 말을 할 수 없는 법이었기에.

그의 몸이 털썩 엎어졌다. 에스텔은 질린 표정이었지만 맥빌의 시체에서 고개를 돌리지는 않았다.

"자, 그럼……."

헨리에타는 고개를 들어 적시운을 보았다. 내내 무표정하던 그녀의 얼굴에 감정의 파문이 생겼다. 적시운이 잘못 본

게 아니라면 그건 분명 통쾌함과 희열로 가득 찬 미소였다. 동시에 꽤나 매력적임을 부정하기 힘든.

"평화적인 협상을 제의하고 싶은데, 당신의 생각은 어떻지?"

헨리에타는 말이 잘 통하는 상대였다. 단순히 맥빌과 비교하여 그런 정도가 아니라, 일반적인 관점에서 보더라도.

사실 그럴 수밖에 없었다. 따지고 보면 그녀는 적시운 덕분에 특진을 한 셈이었으니.

"당신의 목적지는?"

"에메랄드 시타델."

"그리 멀지 않은 곳이군. 마침 잘됐어. 우리도 노르망디의 연료를 보충하러 그곳에 갈 생각이었으니까."

"노르망디?"

"우리가 타고 온 비행선. 괜찮다면 당신도 데려다줄 수 있어. 물론 당신이 타고 다니는 그 고철덩이도 같이."

"됐어. 호랑이 굴에 제 발로 들어가는 취미는 없다."

적시운의 대답에 헨리에타는 팔짱을 꼈다. 살짝 벌어진 앞가슴이 팔뚝에 들려 한층 도드라졌다.

"아직까지도 우릴 경계하는군. 신중하다고 해야 할까, 소심하다고 해야 할까?"

"좋을 대로 생각해."

"당신의 안전을 보장하겠어. 케르베로스 제3공격대장의 직위를 걸고."

"정작 그 공격대장부터가 조금 전에 죽지 않았나? 부하 손에 말이야."

"그가 먼저 하극상을 벌였으니까. 라트린 가문의 권위는 길드의 계급도를 초월한 것이거든. 에스텔 아가씨가 납치당한 순간부터 그자의 운명은 이미 결정된 거나 마찬가지였어."

"네가 다 불어버렸으니 말이지?"

"그래."

헨리에타는 굳이 부정하지 않고는 빙긋 웃었다.

"그 덕에 나는 특진을 했지. 이젠 내가 제3공격대장이야. 연봉도 기존의 세 배 이상으로 올랐고, 어쩌면 후작님께 보너스를 받게 될지도 몰라."

"그래서 놈을 죽인 후에 그리 싱글벙글했던 거군."

"어머나, 봤어? 그럼 내 말이 더 잘 이해되겠군. 분명한 건 내가 당신에게 호의를 품고 있다는 점이야."

헨리에타가 성큼 적시운에게로 다가왔다. 조금 전 그녀와 맥빌이 대치했을 때와 비슷한 거리. 헨리에타는 저격 소총을 들었다고는 믿기 어려운 속사로 맥빌의 미간을 꿰뚫었다. 맥빌이 배리어를 비롯한 방어 수단을 미처 활성화시키지 않은 탓이었지만 그녀의 실력이 대단하다는 것 역시 부정하기는 어려웠다.

'만약 내가 같은 상황이라면…….'

맥빌과 같은 꼴을 피할 수 있었을까?

잠시 가늠해 본 적시운은 픽 웃었다.

"지금이라면 어렵지 않겠는데."

"응? 뭐가 말이지?"

"아니, 그냥 혼잣말이다."

"아, 그래. 무슨 뜻인지 굳이 묻지는 않겠어. 지금 내가 필요로 하는 대답은 다른 것이니까."

헨리에타는 은근한 어조로 말했다.

"케르베로스 길드의 초대에 응하지 않겠어?"

"좋아. 다만 조건이 있다."

"합리적인 거라면 얼마든지 들어줄 수 있어."

"에메랄드 시타델에 도착할 때까지, 에스텔 라트린은 내 시야 안에 있어야 한다. 그녀에게 호위를 붙이는 건 허용하겠지만, 두 명 이상은 안 돼."

"결국 호위는 한 명만 가능하다는 거군. 한 명이라면 만일의 사태가 벌어져도 무리 없이 제압할 수 있다는 건가?"

"그래, 언제 어느 때라도."

"좋아. 그럼 내가 아가씨의 호위를 맡지. 별문제는 없겠지?"

"좋을 대로 해. 그리고 어느 누구도 내 소유물에 손을 대거나 접근해선 안 된다."

"그거라면 걱정하지 않아도 돼. 폐차 직전의 트럭에 욕심을 가질 변태는 우리 공격대에 없으니까."

"마지막으로 내게 보복하지 말 것. 이것만큼은 후작의 공증을 받았으면 좋겠는데."

"후작님께선 상황을 모두 파악하신 후, 당신의 행동을 용서하겠다고 하셨어. 그 정도라면 충분하지 않을까?"

"그 말을 뒤집을 가능성도 있지 않나?"

"북미 제국의 귀족은 그 누구보다도 명예를 중시해."

"그 말이 뒤집힐 가능성도 있을 테고."

헨리에타는 졌다는 듯 머리칼을 쓸어 넘겼다.

"좋아. 구체적으로 뭘 어떻게 해줬으면 좋겠어?"

적시운은 잠시 고민했다. 사실 공증이라 해봐야 뭐 대단한 게 있을 리 없었다. 효력이 있는 서류나 기록 따위가 있다 한들 강력한 권력 앞에서는 무용지물이나 마찬가지였고.

"1등 시민증이라면 어떻겠어요?"

헨리에타의 목소리가 아니었다. 적시운은 잠시 잊고 있던 바로 옆의 존재에게 시선을 돌렸다.

"1등 시민증?"

"네."

에스텔이 고개를 끄덕였다.

"북미 제국의 1등 시민은 하위 귀족에 준하는 권리를 누릴 수 있어요. 극악무도한 악인이 아닌 이상은 어느 누구도 함부로 할 수 없고요."

"후작쯤 되는 사람조차도?"

"큰아버님께서 정말 마음을 독하게 드신다면 얘기가 다르겠지만, 그 경우에도 상당한 제약과 불이익이 따를 거예요."

"아가씨의 말씀엔 한 치의 거짓도 없어."

헨리에타가 강조하듯 말했다.

"그렇다면 좋아."

적시운은 일단 그 제안에 따르기로 했다. 그녀, 혹은 그녀들을 신뢰하기 때문은 아니었다. 그저 더 나은 방법이 당장은 떠오르지 않기에 결정한 것일 뿐.

헨리에타는 나직이 한숨을 내쉬었다.

"좋아. 그러면 이제 출발을 해도 괜찮을까?"

"좋을 대로 해."

"그 전에, 당신의 이름을 알고 싶은데."

"아, 그러고 보니 저도 듣지 못했어요."

적시운은 혀를 찼다.

"남의 이름은 알아서 뭐하게?"

"당신, 댁, 어이, 머저리 등으로 불리는 걸 피할 수 있겠지. 게다가 시민증 발급받으려면 어차피 이름을 말해야 할걸?"

그건 그랬다. 적시운은 어깨를 으쓱하고는 말했다.

"적시운이다."

"적…… 시운."

헨리에타는 의외로 능숙하게 발음을 따라 했다. 반면 에스텔은 대번에 이해하지 못하고 헤매는 눈치였다.

"잭? 잭이라고 부르는 게 맞나요?"

"전혀 아냐."

한숨을 토하며 대꾸하는 적시운이었다.

3

여정은 그리 길지 않을 듯했다. 남은 거리도 얼마 되지 않은 데다, 비행선 자체의 속도부터가 트럭과는 차원이 달랐다.

무엇보다 지형을 무시할 수 있다는 메리트가 컸다.

"내일 오전 중에 시타델에 도착할 거야."

헨리에타가 말했다.

제법 널찍한 방 안. 세 사람은 여행 내내 그 자리를 지켰다.

헨리에타는 공언한 대로 홀로 에스텔의 호위를 맡았다. 물론 그렇다 하여 아주 마음을 놓을 수는 없었지만.

에스텔은 그녀의 무릎에 머리를 기댄 채 잠들었다. 헨리에타는 조심스레 그녀를 안아 들어서는 방 한편에 마련된 침대에 눕혔다.

"아가씨는 당분간은 깨어나시지 않을 거야. 저녁 식사에 약을 조금 탔거든."

"약이라고?"

"이상한 거 말고 영양제 말이야. 근데 수면 효과도 약간 있거든. 내일 아침이면 피로 없이 말끔하게 깨어나실 거야."

"아, 그래."

"그런데 말이지……."

어깨까지 닿는 적발을 쓰다듬던 헨리에타가 지나가는 투로 물었다.

"당신, 무슨 목적으로 시타델로 향하고 있었어?"

"그런 건 왜 묻지?"

"호기심에. 뻔한 것 아냐?"

적시운은 물끄러미 그녀를 응시했다.

"대략 이런 경우에 어떤 대답이 돌아올지도 알 텐데."

"네 알 바 아니라고 하겠지. 하지만 말이야. 혹시 모르는 거잖아? 내가 당신한테 도움이 될지도."

"예로부터 공짜 밥은 함부로 먹는 게 아니라고 했지."

"공짜는 아냐. 앞서 말했다시피 당신 덕에 승진할 수 있었
거든."

헨리에타가 적시운 쪽으로 상체를 숙였다. 그녀는 헐렁한
니트 차림이었고, 탄탄하면서도 굴곡이 뚜렷한 상체를 지니
고 있었다. 앞서 보디 슈트 차림일 때도 몸매가 두드러지긴
했지만, 헐렁한 옷차림인 지금이라 해서 모자랄 것은 없었다.

더불어 그녀는 영악했다. 자신의 포즈가 남성으로 하여금
어떤 반응을 유발할지, 거기에 그윽한 시선까지 첨가했을 때
의 효과가 어떨지 계산할 수 있을 만큼.

"오는 게 있으면 가는 것도 있는 법이지. 그리고 난 베푸
는 걸 좋아하거든."

"베푸는 게 좋다고?"

"그래, 상부상조해야 하는 세상이잖아?"

두 사람 사이로 기묘한 기류가 흐른다. 그 기류가 무엇인
지 적시운은 너무나 잘 알고 있었다.

'하지만······.'

정서적인 거부감이 뇌리 한구석에서 피어났다. 적시운은
그녀를 부드럽게 밀어냈다.

"됐어. 받은 셈 치지."

"엥?"

이런 반응은 예상도 못 했다는 듯 헨리에타가 눈을 깜빡였다.

"왜? 어디 문제라도 있어?"

그녀의 시선이 적시운의 하체로 향했다. 그 의미야 뻔한 바, 적시운은 눈살을 찌푸렸다.

"그런 것 아냐."

"그렇게 말하니 살짝 화나는걸. 내 입으로 이런 말 하긴 좀 그렇지만, 내가 남들보다 딱히 처진다고는 생각하지 않는데?"

"대단한 자신감이네."

"내가 매력 없어?"

지나치리만큼 단도직입적인 질문. 적시운은 잠시 말문이 막혔다.

"그런 건 아냐."

"그런데 왜? 설마 내가 미인계라도 쓸까 봐?"

"미인계라니?"

"당신을 구워삶는 동안 아가씨를 빼돌리는 거지. 혹은 교묘하게 침대에 묶어버리거나."

"……정말 그럴 생각이었단 말이야?"

"바보. 무슨 말을 하는 거야. 그럴 계획이었으면 이렇게 술술 불겠어? 오히려 꼭꼭 숨기려 해도 모자랄 판에."

"그건 그렇군."

적시운은 피식 웃었다.

헨리에타는 과장되게 한숨을 푹 쉬었다.

"아아, 상처 입었어. 설마 남자한테 퇴짜 맞을 줄은 몰랐는데."

"지금까진 모두 성공했었던 모양이지?"

"한 명 빼고는. 그 양반은 고자였거든."

말을 멈춘 헨리에타가 눈매를 가늘게 떴다.

"어쩌면 당신도……?"

"좋을 대로 생각하셔."

"아, 그래. 흥, 칫. 그렇단 말이지."

헨리에타는 어깨를 으쓱하고는 일어섰다.

"그럼 버림받은 비련의 여주인공은 이만 퇴장해야겠네."

"나가겠다고? 저 녀석은 내버려 두고?"

적시운이 에스텔을 가리켰지만 헨리에타는 태평한 표정이었다.

"응."

"……너, 진짜 저 녀석을 보호하는 입장이 맞는 거냐."

"뭐가 문젠데? 노르망디 내부는 안전해. 당신이 아가씨를 건드릴 생각이었다면 단둘이 있을 적에 그랬을 테고. 아냐?"

"뭐, 그렇기는 하지."

헨리에타는 도발적인 눈빛으로 팔짱을 꼈다.

"그러니까 신경 *끄고* 나랑 같이 가는 게 어때? 괜찮은 술들을 내 방에 키핑해 뒀는데."

"술?"

"맥주, 와인, 보드카, 브랜디. 웬만한 건 종류별로 다 있지. 그중에서도 맥주는 특별히 냉장시켜 놨어."

차가운 술.

적시운은 자기도 모르게 침을 삼켰다.

'괜찮지 않을까.'

그런 생각이 본능적으로 용솟음쳤다. 도 닦는 수도승도 아니고, 이런 마당에까지 자제할 필요가 있을까 싶었던 것이다.

더군다나 천마 본인부터가 말하지 않았던가. 천마신공의 공부를 위해서는 무엇보다도 자기 본능에 충실해야 한다고.

'내 본능이라……'

적시운은 머저리도 아니고 성불구자도 아니다. 한창때의 미녀가 작정하고 다가오는데 마음이 동하지 않을 리 없었다.

게다가 적시운에겐 두 개의 감지 체계가 존재했다. 염동력을 응용해 펼치는 감지망과 천마신공의 기감. 그 두 가지를 함께 펼친다면 감지 못할 것은 없다고 자부할 수 있었다. 실제로 스텔스 상태의 매복자 또한 감지하지 않았던가.

'정신줄만 놓지 않으면……'

문제는 없으리라.

거기까지 생각을 하고 나서도, 거듭 혹시 모를 가능성을 검토한 후에야 적시운은 결심을 굳혔다.

"좋아."

"……무슨 생각을 그렇게 오래 하는 거야?"

"나는 혼자니까. 가정할 수 있는 최악의 상황까지 감안하고서 움직여야 하지."

"흐응, 그래서…… 최악의 상황까지 상정했음에도 무사할 것이라는 결론이 나왔다?"

"그래."

"우리를 너무 무시하는 거 아냐?"

"무시하는 게 아냐. 오히려 높이 치는 거지."

"아, 그러셔."

헨리에타는 졌다는 듯 두 손을 펼쳤다.

세상 어느 누가 케르베로스 길드의 공격대를 상대로 저런 오만한 소리를 지껄일 수 있을까. 그러나 적시운이 보여준 것이 있다 보니 마냥 허풍선이 취급하기도 어려웠다. 어찌 됐거나 그 홀로 공대원 전부를 전율케 한 것은 사실이었으니까.

'그땐 굉장했었다고, 솔직히 인정할 수밖에 없겠지.'

적시운에게 당한 두 사람은 길드 내에서도 손꼽히는 매복

전문가들이었다. 숨을 죽이고 있다가 마수에게 치명타를 먹인다거나, 경우에 따라 방해 요소를 암살하는 게 그들의 임무. 그 실력은 정평이 나 있을 정도로 헨리에타조차 그들의 표적이 된다면 만사 포기하고 말 터였다.

'한데……'

이 동양인 사내는 그들을 애들 다루듯 간단히 쓰러뜨렸다. 여러모로 호기심이 동할 수밖에 없는 것이다.

'이런 실력자를 길드로 끌어들일 수만 있다면……?'

라트린 후작의 결정으로 제3공격대장이 된 그녀다.

그러나 완전히 인정받았다고 보기는 어려웠다. 후작 다음의 권력을 지닌 길드장과 부길드장들의 눈에도 들어야 하기 때문이다.

물론 그들이 후작의 의지를 정면으로 거스를 정도는 아니다. 하지만 후작의 관심이 희미해졌을 때, 귀신같이 물갈이를 할 가능성은 충분했다.

'간신히 잡은 출세의 기회야. 내 지위를 확고히 하려면 커다란 한 방이 필요해.'

그리고 어쩌면 이 남자가 그 한 방이 되어줄지도 모른다.

'그러니 어떻게든 구워삶아야 해.'

헨리에타는 적시운을 바라보며 전의를 불살랐다. 다행히 그녀는 상식적인 기준에서 봤을 때 충분히 상위권에 들 미녀였고 자신의 매력을 최대한 발휘할 자신도 있었다.

물론 적시운이 내키지 않은 듯이 굴 때는 잠시 당황했었다. 그래도 결국 그녀를 따라오기로 했으니, 성공한 셈이었다.

'이런 남자 하나쯤이야……!'

헨리에타는 의기양양한 눈으로 적시운을 바라봤다.

'내 노예로 만들어주겠어!'

"흐으으우웨에엑."

용트림인지 토악질인지 모를 소리를 내며 헨리에타가 변기에 머리를 들이밀었다. 적시운은 한 손에 맥주병을 든 채 그녀를 물끄러미 내려다봤다.

"등 두드려 줄까?"

"필요 없…… 웨에엑."

"맥주 한 병에 맛이 가는 사람은 처음 보는군. 너, 혹시 미성년자는 아니겠지?"

"내가, 흐으…… 꼬맹이일 리가아 웨에에엑."

한참을 토악질한 헨리에타가 울상을 짓고서 중얼거렸다.

"이, 이상하네? 나, 이렇게 술에 약하지 않았는데?"

'그럴 테지.'

적시운은 마음속으로만 대꾸했다. 어지간히 술에 약하지 않은 바에야 맥주 한 병에 속이 진탕될 리는 없다. 실제로 그녀가 마신 양은 반병도 채 되지 않았고.

그럼에도 그녀가 떡이 되도록 취하게 된 이유는 간단했다.

'천룡혈독공.'

천마신공의 사법 삼공 중 하나인 독공. 그중에서도 가장 기초적인 단계인 화변술(化變術)을, 적시운이 펼친 것이다.

화변술의 묘리는 액체의 성질에 영향을 끼치는 것. 대성할 경우 성질 자체를 바꿔 버릴 수도 있지만, 이제 갓 깨우치기 시작한 적시운으로선 그 정도까진 무리였다.

'하지만 원래의 성질을 강화하는 거라면 가능하지.'

적시운은 헨리에타가 한눈을 판 사이에 맥주의 도수를 높여놓았다. 물론 그녀 것만.

인사불성이 된 그녀를 상대로 뭔가를 하겠다는 생각은 아니었다. 그저 편하게 이 여유를 즐기고 싶을 따름이었다.

'이래저래 귀찮은 건 질색이란 말이지.'

그녀의 태도로 봤을 때 뭔가 수작을 걸려던 게 자명해 보였다. 그게 뭐가 됐든 간에 적시운은 들어줄 생각이 없었다. 그래서 그녀를 인사불성으로 만들었다. 구구절절 사연을 듣고 나서 거절하느라 진을 빼느니, 아예 원천 봉쇄를 해버린 것이다.

헨리에타는 화장실 바닥에서 흐느적거리고 있었다. 그냥 내버려 둘까 하다가, 그래도 찬 바닥에서 재우는 건 도리가 아닌 듯싶었다.

'시원한 맥주도 대접받았으니.'

적시운이 넌지시 그녀에게 물었다.

"침대까지 데려다줄까?"

"으응? 히, 역시 당신도 불알 달린 남자 맞구나?"

시뻘겋게 달아오른 얼굴로 두 팔을 쑥 내미는 헨리에타. 대낮에 봤던 냉철하고 계산적인 모습은 온데간데없었다. 육 감적인 미녀가 헐렁한 옷을 입고는 흐트러져서 두 팔을 벌리고 있다. 어떤 남성이라 한들 갈등하지 않을 수 없을 것이다. 그녀의 가슴팍이 온통 토사물 범벅만 아니라면.

"뭐하고 있어? 나, 팔 아파."

"그럼 팔을 내리면 되지."

"쳇, 무드 없게."

입술을 비죽 내밀고서 툴툴거리는 헨리에타.

적시운은 어깨를 으쓱하고는 그녀를 들어 올렸다.

염동력으로.

"와아, 내가 하늘을 나네?"

적시운은 수건을 들어 그녀의 흉부를 닦았다. 그 느낌이 간지러운지 헨리에타가 간드러지게 웃었다.

"직접 손으로 닦아줘도 되는데."

"냄새가 너무 심해서."

"정말, 나 같은 미인한테 못하는 말이 없네?"

"미인이라고 꽃향기만 나라는 법은 없으니까."

무뚝뚝한 대답에도 헨리에타는 생긋 웃었다.

"그 말은 내가 미인이란 걸 인정한다는 뜻?"

"그래그래."

토사물을 적당히 닦아낸 적시운이 그녀를 침대로 날려 보냈다. 반쯤 집어 던지다시피 했는데도 헨리에타는 재미있다는 듯 깔깔 웃었다.

"이제 일루 올래?"

"됐으니까 잠이나 주무시지."

"안 돼! 그래야 내가 당신을 구워삶을 수 있단 말이야."

대강은 예상했던바. 하지만 암만 취했다 한들 대놓고 말할 줄은 몰랐다.

"미안하지만 식인종하고 얽히긴 싫어서."

"나한테 잡아먹힐까 봐 무서워?"

"그렇다고 치자."

싱거운 대화에도 헨리에타는 사춘기 소녀처럼 웃었다. 그러고는 얼마 안 가 잠에 빠졌다.

적시운은 방 안의 냉장고에서 맥주 몇 병을 챙겼다. 하나는 마시고 나머지는 트럭에 감춰둘 생각이었다.

딸칵.

병뚜껑을 따내고는 한 모금 쭉 들이켰다. 톡 쏘는 청량한 느낌이 식도를 타고서 온몸에 퍼졌다. 두 병째인데도 질리지 않았다. 실로 오랜만에 느껴보는 만족감. 적시운은 실소를 머금었다.

[그 정도로 만족하고 말 텐가?]

적시운의 머릿속에서 천마가 물었다.

"일단은."

[자네가 금욕주의자는 아니라고 보는데. 저런 미녀를 굳이 마다할 필요가 있을까.]

"그렇기는 한데……."

적시운은 헨리에타를 물끄러미 바라봤다. 이불 위로 그녀의 매끈한 다리가 얹혀 있었다.

"후후, 넌 이제 내 거야."

의미 불명의 잠꼬대. 행복한 꿈속을 헤매는 것만은 분명해 보였다.

적시운은 어깨를 으쓱했다.

"저렇게 행복해 보이는데 방해하는 것도 그렇잖아."

[흠.]

4

검은 안식일.

토성의 고리를 닮았으나 온통 흑색으로 이루어진 블랙 링이 남북으로 지구를 빙 둘렀다.

그날 이후로 모든 것이 바뀌었다. 유전자 변형으로 인해 이능력을 지닌 신인류가 발생했으며 마수들을 뱉어대는 차원의 게이트가 세계 곳곳에 펼쳐졌다.

원인도 이유도 모를 마수들의 침공.

놀라운 것은 그 전력의 7할이 미 본토에 집중되었다는 점이다. 마치 이곳이 인류의 구심점임을 안다는 양.

육해공을 아우르는 급습은 세계 최강국을 난도질해 놓았다. 펜타곤이 겨우 반격 계획을 수립했을 무렵, 이미 S랭크의 마수들은 핵 시설을 타깃으로 잡고 있었다.

그리고 성공했다. 마수에게 난자당한 대지 위로 방사능의 폭풍이 몰아쳤다. 짙게 깔린 방사선은 인간을 죽이는 데 그치지 않고 마수들의 육체를 강화시키기까지 했다.

미 국방성 네트워크가 소멸한 것은 그 무렵. 본토와의 연결이 완전히 끊어진 상황 속에서 UN 소속 연합국들은 인정할 수밖에 없었다.

미합중국의 패배를 말이다.

'하지만…….'

그 죽음의 그림자 속에서도 살아남은 이들은 존재했다. 적시운이나 다른 이들이 생각한 것 이상의 문명을 유지한 채.

뉴 텍사스 주(州)의 중심 도시.

에메랄드 시타델의 풍경이 적시운을 반기고 있었다. 도시는 타원형의 거대 성벽의 보호를 받고 있었다. 고층 빌딩들은 대체로 중앙의 행정구역에 몰려 있었고, 그곳을 기준으로 네 개의 구역이 동서남북에 존재했다.

적시운이 내려선 공항의 규모도 상당한 수준. 전체적으로 신서울 지하 도시와 비교해도 크게 꿀리지는 않을 듯했다.

'무엇보다 공항이 크다는 게 마음에 든다.'

항공기는 적은데 공항만 큼직하게 만들었을 리는 없다. 필시 항공 수단과 연료는 충분할 터였다.

"그렇단 말이지……."

희미한 갈등이 적시운의 뇌리를 스쳤다.

'당장 한국까지 날아가고 싶지만…….'

하이재킹(Hijacking)이라도 마다하지 않는다. 집으로 돌아갈 수만 있다면 그 어떤 수단이라도 동원할 자신이 있었다. 물론 이성적으로 봤을 때, 성공 가능성이 희박하다는 게 문제겠지만.

연료의 양도 문제거니와, 무턱대고 항공기를 납치해 봐야 얼마 못 가 격추당할 가능성이 높았다.

'항공기 납치 자체도 결코 쉬운 일은 아닐 테고.'

"무슨 생각을 그렇게 하세요?"

에스텔이 다가와 물었다. 적시운은 뭐라 대답할까 하다가 농담조로 말했다.

"저 비행선들, 훔치려면 어떻게 해야 할까 고민 중이었어."

"후후후, 그런가요?"

재미있다는 듯 웃는 에스텔. 하기야 이런 말을 진지하게 받아들이는 사람은 얼마 없을 터였다. 적시운이 의도한 바도 그것이었고.

"그런데, 그 빨간 머리 여자는?"

"헨리에타 언니요? 그러고 보니 아침 내내 모습이 보이지 않았어요."

"저 여기 있어요, 아가씨."

창백해진 얼굴로 헨리에타가 걸어 나왔다. 그녀는 머리가 지끈거리는지 연신 관자놀이를 손가락으로 눌러댔다.

"웬일이에요? 언니가 과음을 다 하고."

"아가씨를 되찾아서 너무 들떠 있었던 모양이에요. 곧 괜찮아지겠죠."

적당히 둘러댄 헨리에타가 적시운의 팔을 끌어당겼다.

"잠시 이 남자와 얘기할 게 있는데, 괜찮을까요?"

"그러세요. 수속장에 먼저 가서 기다릴게요."

에스텔이 멀어지자 헨리에타는 두 눈에 불을 켜고서 적시운을 노려봤다.

"대답해! 어제 나한테 무슨 짓을 한 거야?"

"무슨 짓이라니?"

"아침에 일어나니까 벌거벗고서 누워 있었단 말이야. 어젯밤의 마지막 기억은 당신이랑 술 마시는 거였고. 대답해. 나한테 무슨 짓을 했어?"

"……."

적시운은 물끄러미 헨리에타를 응시했다. 반쯤 울먹이듯 다그치고 있었지만 두 눈은 회심의 미소를 짓고 있었다.

'네가 남자라면 날 두고 그냥 갔을 리 없지!'

그런 확신이 아로새겨진 듯한 표정. 물증 하나 없을 텐데도 어디서 저런 자신감이 나올까 싶었다.

"이럴 줄 알고 버려두지 않길 잘했네."

"응?"

적시운은 백팩을 열어 무언가를 던졌다. 얼떨결에 받아 든 헨리에타가 기겁을 했다.

"윽! 이 쉰내 나는 건 뭐야?"

"네 토사물이 묻은 수건."

"응?"

"변기에 머리 박고서 시원하게 게워내던데."

"……."

헨리에타의 낯빛이 실시간으로 급변했다. 푸르죽죽해졌다가 이내 붉어지는 얼굴을 보며 적시운은 결정타를 날렸다.

"사방에다 토하고 다니는 여자는 취향 아니라서."

"……!"

헨리에타의 얼굴이 당장에라도 터질 듯 붉어졌다. 그러고 보니 깨어났을 때 방 안에 시큼한 냄새가 진동했었다. 그땐 대수롭지 않게 넘겼었는데, 이제 보니 뭔지 알 것 같았다.

"내, 내가 토한 냄새였단 말이야?"

"그럼."

적시운은 그녀를 스쳐 지나갔다.

"자, 잠깐!"

헨리에타가 반사적으로 소리쳤다. 하지만 적시운은 들은 체도 하지 않았고, 그녀로서도 그를 붙들 방도가 떠오르질 않았다.

우물쭈물하는 사이 적시운이 시야에서 사라졌다. 닭 쫓던 개 신세가 된 헨리에타는 발만 동동 굴렀다.

"그리 많이 마신 것 같진 않은데, 대체 어제 무슨 일이 있었던 거야?"

수속 심사는 단순했다. 원래는 상당히 엄격한 데다 시간도 많이 잡아먹는 심사 과정이 마련되어 있었다. 그게 에스텔의 한마디에 일사천리로 생략됐다.

"이분들의 신원은 라트린 후작가가 보증합니다."

그렇게 적시운은 에메랄드 시타델에 입성했다. 예상했던 것보다 훨씬 간단히.

"당신, 변변한 신원도 없지? 아가씨한테 고마워해. 당신 혼자였으면 빈민가 말고는 출입도 못 했을 테니."

"아, 그래."

헨리에타의 말에 건성으로 대꾸한 적시운이 트럭으로 향했다. 그것을 본 심사원이 황급히 소리쳤다.

"개인 차량은 0.5톤 미만까지만 도시에 들이는 게 가능합니다. 개인 병기 역시 도시 내에선 취급할 수 없습니다."

"가지고 들어가지 못한다고? 그럼 어떻게 하란 거지?"

"트럭도 적재물도 모두 이곳에다 임시로 보관시켜야 합니다. 월 500달러를 지불하고서요."

"……"

적시운은 미간을 찌푸렸다.

저쪽 사정도 이해는 된다. 암만 신원이 보장됐다고 해도 대량의 병장기를 도시 안에 들이는 건 꺼려질 수밖에 없을 테니. 하지만 그렇다고 넙죽 받아들이고 말 문제도 아니었다. 이 병장기야말로 적시운의 생명줄이나 마찬가지였으니까.

"1등 시민이라면 병장기 및 화물차의 시내 소유가 가능하지 않나요?"

에스텔이었다. 그녀의 질문에 심사원이 얼떨떨한 표정을 했다.

"그렇기는 합니다만, 이 남성분은⋯⋯."

"가서 시민증을 발급해 오면 되는 거잖아요? 그때까지 잠시만 맡아주세요."

에스텔은 적시운에게 손을 내밀었다.

"가요, 시운."

"응?"

적시운은 의아함을 느꼈다. 어제까지만 해도 제대로 발음하지 못하던 이름을, 그녀는 그럭저럭 괜찮게 발음하고 있었다.

적시운의 시선을 받은 에스텔이 빙긋 웃었다.

"아침 내내 연습했어요. 제법 괜찮죠?"

적시운과 에스텔, 헨리에타는 도시 중앙의 행정부로 향했다. 이동 수단은 중형 세단. 에메랄드 시타델 측에서 특별히 제공한 것이었다.

"한데, 내게 이렇게까지 해주는 이유가 뭐지?"

"약속했으니까요. 후작가의 일원으로서."

적시운의 질문에 에스텔이 어깨를 쭉 펴며 대답했다. 오히려 적시운보다도 그녀가 기대감에 차 있는 느낌이었다.

윤기 나는 입술에 희미한 미소가 맺혀 있고, 얼굴까지 살짝 상기되어 있는 걸로 봐선…….

'착한 일을 하고서 칭찬받기를 기다리는 어린애 같군.'

엄밀히 말하자면 아직 착한 일을 하지는 않았지만 말이다. 그래도 분명한 것은, 그녀의 표정에 드러나 있는 게 베푸는 데서 오는 성취감이라는 점이었다.

가진 자만이 느낄 수 있는 우월감이랄까? 좋게 포장하자면 선행에 따르는 기쁨이라고 할 수 있으리라.

사실 적시운의 관점이 꼬여 있어서 그렇지, 에스텔로선 순전한 선의에서 행동하는 것임이 분명했다.

"이렇게 보상이 좋다면야 전문 납치범으로 전직해도 되겠는걸."

"농담으로라도 그런 말은 하지 마세요."

난색을 표하는 에스텔. 적시운은 그저 피식 웃고 말았다.

그런 적시운의 옆구리를 헨리에타가 팔꿈치로 쿡 찔렀다.

"이게 별것 아닌 줄 아나 본데, 당신은 지금 복권 당첨하고는 비교도 안 되는 행운을 손에 넣은 거라고."

"1등 시민이 된 게?"

"그래!"

헨리에타가 언성을 높였다.

"잘 모르나 본데, 북미 제국의 1등 시민은 귀족에 준하는 대접을 받아. 수많은 혜택이 뒤따른단 말이야."

"혜택이라. 예를 들자면?"

"대부분의 국가 서비스를 이용할 때 면세 혜택을 받을 수 있어. 길드 창설도 가능하고. 제국에서 운영하는 스페셜 마켓의 이용도 1등 시민 이상에게만 허락돼."

"스페셜 마켓?"

"일종의 경매장이야. 하루에도 수억 달러가 오가는."

"흠."

"좀 전에도 봤잖아. 1등 시민은 도시 내에서 다량의 병장기를 소지하는 것도 가능해."

이어질 말을 생략한 듯한 뉘앙스였다. 적시운은 눈을 가늘게 떴다.

"그러니까, 사람을 마음대로 죽이는 것도 가능하다는 건가?"

"그건……."

헨리에타가 움찔하여 에스텔의 눈치를 살폈다.

"동일하거나 더 높은 계급만 아니라면요. 네, 원칙적으로는 가능해요."

에스텔이 엄준한 어조로 말했다.

"하지만 지금껏 그런 사건이 일어난 적이 없어요. 1등 시민의 지위는 그것을 지닐 만한 자격이 있는 자에게만 주어지니까요."

'대외적으로 알려지지 않았을 뿐이라고 보는데.'

적시운은 내심 중얼거렸지만 입 밖으로 말을 꺼내진 않았다.

"그렇게 대단한 특권을 내게 주겠다는 건가? 내 무엇을 보고?"

"시운 님 덕분에 맥빌 윌리엄스라는 반동분자를 색출할 수 있었죠. 그자를 내버려 뒀다면 언젠가 후작가와 길드에 위해가 됐을 거예요."

정말 그럴까? 맥빌의 성격이 꽤나 꼬여 있던 것은 사실이지만, 반동분자라 할 정도인지는 의문이었다. 상황이 그렇게까지 뒤틀렸다면 성인군자라 해도 평정을 유지하기 어려웠을 테고.

'뭐, 이제 와서 헤아려 봐야 무의미하겠지만.'

"게다가……."

잠시 머뭇거리던 에스텔이 말했다.

"시운 님과 만남으로써 여러 가지를 생각해 볼 수 있었어요. 그런 기회를 갖게 해줬다는 데에 감사를 표하고 싶어요."

"그래? 뭐, 그렇다면."

적시운은 대강 납득하기로 했다. 구태여 그녀의 속마음을 꼬치꼬치 캐묻고 싶지는 않았다. 안전이 보장됐다면 이익만 취하고 물러나면 그만. 그 이상 남의 일에 간섭해 봐야 좋을 것은 없었다.

세 사람은 행정구역 정중앙의 건물 앞에서 내렸다. 척 봐도 도시 내 최고층이란 것을 알 수 있는 빌딩. 헨리에타는 고개를 한껏 젖힌 채 위를 바라봤다.

"와아."

"이런 건물은 처음이시죠? 두 분 다."

적시운은 그냥 대꾸하지 않았다. 사실 틀린 말은 아니기도 했다. 층수를 따지자면 신서울 지하 도시의 건물들이 한 수 위였지만, 그쪽 건물들은 하늘이 아닌 땅속을 향해 뻗어 있었기 때문이다.

"스트롱 홀드예요. 에메랄드 시타델의 행정부이자 오스카 백작님의 저택이죠."

"높이만 따지자면 후작님의 빌딩보다도 크군요."

"네, 큰아버님께서 검소한 편이시기도 해서요."

"설마 여기서 백작이라도 만나려는 건가?"

적시운의 질문에 에스텔은 웃으며 고개를 저었다.

"아뇨, 아무리 저라고 해도 선약도 없이 무턱대고 백작님을 만날 수는 없어요. 애초에 실무를 맡는 분은 따로 있기도 하고요."

"그럼 그자를 만나러 온 거로군."

"네, 공항에서 미리 연락을 드렸으니, 안에서 기다리고 계실 거예요."

건물로 들어선 세 사람은 이내 큼직한 방으로 안내되었다. 잠시 기다리고 있으니 회색 정장을 차려입은 사내가 안으로 들어섰다.

날카로운 인상의 중년인. 그는 자연스럽게 에스텔의 앞으로 걸어가 예를 표했다.

"에메랄드 시타델의 사무국장인 조로아스터 안젤모입니다. 만나 뵙게 되어 영광입니다, 에스텔 라트린 양."

"처음 뵙겠어요, 조로아스터 님. 에스텔 라트린입니다."

빙긋 웃은 중년인, 조로아스터가 헨리에타를 돌아봤다.

"붉은 단발의 미녀 분께선 필시 케르베로스 길드의 제3공격대장인 헨리에타 테일러 양이실 테지요."

"어머."

헨리에타의 두 뺨이 발그레 물들었다. 미녀 소리도 좋고 공대장 취급받는 것도 기쁜 모양이었다.

"그리고 이쪽 신사분께선……?"

시선을 돌린 조로아스터가 순간 움찔했다. 인사를 나누는 내내 자신을 바라보던 사내. 그의 입가에 계속 걸려 있던 게 비웃음임을 알아챈 것이다.

"스캐빈저라고 하면 알아듣겠지."

"……!"

조로아스터의 동공이 급격히 수축했다.

적시운은 말했다.

"당신 말대로 찾는 게 그리 어렵진 않더군."

제8장
에메랄드의 그림자

1

한동안 잊고 있던 기억이 조로아스터의 뇌리를 관통했다.

"스캐빈저…… 오소독스, 토마호크 클랜의……?"

"그래, 생각보다 잘 기억하고 있는데? 높으신 양반이니 다 잊었을 거라 생각했는데."

"그 정도를 잊을 만큼 머리가 굳진 않아서."

분명 웃는 낯끼리의 대화인데 냉기가 풀풀 흐른다. 전후 사정을 모르는 에스텔과 헨리에타는 의아한 얼굴로 두 사람을 번갈아 봤다.

"두 분, 원래 아는 사이인가요?"

"사연이 좀 있지."

적시운이 짤막하게 대답했다. 더 자세히 말하기는 싫다는 뜻.

조로아스터는 삽시간에 표정을 가다듬었다. 조금 전까지의 당혹감은 거짓말처럼 사라졌다.

그는 신사적이지만 사무적인 어조로 에스텔에게 물었다.

"앞서 문의하셨던 1등 시민권은 저 사내의 것이었던 모양이군요."

"네, 뭔가 문제라도 있나요?"

조심스럽게 묻는 에스텔. 조로아스터는 온화한 미소로 그녀를 안심시켰다.

"그런 것은 아닙니다. 다만 제가 지레짐작을 해버려서…… 실수로 여성용 시민권을 가져왔지 뭡니까."

"아."

"헨리에타 양의 시민권을 발급해 주시려는구나 생각했거든요."

에스텔이 헨리에타를 돌아봤다.

"죄송해요, 언니. 거기까진 미처 생각을 못 했어요."

"아, 아뇨! 저는 딱히 한 일도 없는걸요. 괜찮습니다."

두 손을 내젓는 헨리에타였지만 얼굴 한구석엔 미처 숨기지 못한 아쉬움이 남아 있었다.

'1등 시민권이란 게 대단하긴 한 모양인데.'

하기야 그녀들의 설명이나 반응만 봐도 알 수 있는 사실이었다.

"서류를 다시 발급해 오지요. 조금만 기다려 주십시오."

조로아스터는 능숙하게 얼버무리고는 방을 나갔다.

적시운은 그가 사라진 자리를 보고는 중얼거렸다.

"붙잡을걸 그랬나."

"네? 붙잡다뇨?"

"저 작자, 뒤로 빠져서 무슨 수작을 부리려는지 모르니."

"두 분, 아는 사이라면서요?"

"친한 사이라고는 하기 어려울걸."

"그럼 대체……."

에스텔이 뭔가 물어보려던 찰나, 타이밍 좋게 문이 열렸다. 조로아스터가 아니었다. 검은 정장을 쫙 빼 입은 여성이 안으로 들어섰다.

"시민권 발급에 앞서 간략한 신체검사가 필요합니다. 협조해 주시겠습니까?"

"아, 그러고 보니 검사를 아직 하지 않았네요."

에스텔의 말에 적시운은 눈매를 좁혔다.

"신체검사라면 어떤 거? 침대 같은 데에 묶어놓고 배를 가른다거나……?"

"설마요. 간단한 신체 및 위생 상태를 측정하는 수준일 거예요."

지상에서 가장 위험한 것은 고위 등급 마수도 아니고 벌떼 같은 도적놈들도 아니다. 정말 두려운 것은 보이지 않는 데서 암약하는 병균. 모기 한 마리가 옮기는 전염병이 수백마리 구울 떼보다도 무서운 법이었다. 그런 것을 감안하자면 신체검사는 지극히 필수적인 절차라 할 수 있었다.

"사실 규정대로면 공항 수속장에서 검사를 받았어야 해요. 시운 님은 제 손님이라 특별히 통과했지만요."

"무슨 말인지 알겠어."

적시운은 자리에서 일어났다. 차라리 잘됐다 싶기도 했다. 계속 앉아 있어봐야 두 여성의 질문 공세에나 시달릴 테니.

방을 나온 적시운은 정장 차림의 여성을 따라 체력 측정장으로 이동했다. 키와 무게를 비롯한 신체 사이즈를 재고, 간략한 체력 측정을 실시했다.

본론은 그다음.

"피를 왕창 뽑아야 한다는 거군."

소매를 걷어붙인 적시운이 중얼거렸다.

"피 뽑는 게 무서운가요?"

적시운을 안내했던 여성이 물었다. 그녀는 어느 틈에 갈아입었는지 검은 정장이 아닌 백색 의사 가운을 걸치고 있었다.

"무섭다고 하면 봐주고 넘어가나?"

"아뇨, 혈액 검사는 필수예요. 방사능 수치와 중독 및 감염 여부를 확인해야 하니까요."

"그 외에는?"

"딱히 그 이상의 추가 측정은 없어요."

거짓말이었다. 정부 기관 소속이었던 적시운은 누구보다도 그 사실을 잘 알고 있었다.

"이능력 측정에 대한 얘기는 쏙 빼놓는군. 조로아스터가 그렇게 말하라고 하던가?"

적시운의 일격에 여성의 눈동자가 가늘게 흔들렸다. 유전자 변형을 통해 발현된 것이 이능력이었다. 적합한 장치만 뒷받침된다면 혈액 검사만으로도 그 종류와 등급을 확인할 수 있었다.

'최소한 한국은 그랬지.'

이곳이라고 별반 차이가 있을 것 같진 않았다. 생각만큼 기술적 격차가 크지도 않았으니.

"알고 있었던가요?"

"그래."

"당신, 이능력자인가 보군요. 설령 그렇더라도 바뀌는 건 없어요. 혈액 측정은 필수니까요. 당신이 이능력자라면 더더욱."

사실 적시운으로서도 딱히 상관은 없었다. 그가 염동력을 펼치는 모습은 이미 여러 사람이 목격했기에.

'문제라면……'

이능력 이외의 또 다른 힘. 내공. 내공의 통로라 할 수 있는 기맥은 곧 혈맥과도 거의 일치한다. 그런 만큼 오랜 기간 내력을 쌓아온 인간의 혈액은 그만큼 내포하고 있는 기의 밀도 또한 높다.

'놈들이 그 사실을 알아낼 것 같지는 않지만……'

조심해서 나쁠 것은 없다. 어쨌든 적시운이 지닌 최대의 무기는 무공이며, 그 정보가 알려져 있지 않을수록 유리할 것임이 분명했기에.

'그렇다면……'

적시운은 왼팔을 내밀고서 눈을 질끈 감았다. 꼭 겁에 질린 것만 같은 모습. 주삿바늘을 손가락으로 톡톡 두드린 여성이 픗 하고 웃었다.

"무서운가요?"

"바늘 공포증이 있어서."

"몸 곳곳에 흉터를 가진 사람이 할 법한 소리는 아닌 것 같군요. 보아하니 상당히 많은 전투를 치른 흔적 같은데요."

"그래도 바늘은 무섭더라고."

피식 웃은 여인이 적시운의 정맥에 주삿바늘을 꽂았다.

채혈은 금세 끝났다. 하기야 고작해야 피 약간 뽑는 정도인데 더 시간을 끌 게 뭐가 있겠느냐만.

"엄살 부린 것치고는 잘 참았네요."

사실은 엄살을 부린 게 아니니까.

채혈 부위의 혈액, 그 적혈구에 녹아들어 있는 내기를 인위적으로 빼내어 다른 곳으로 옮겼다. 눈을 감은 것은 집중해야 했기 때문이다.

'당장은 이게 최선이겠지.'

채혈한 혈액으로부터 이능력자 적시운의 정보를 알아낼 수는 있을 것이다. 그러나 무공을 다루는 적시운의 정보는 조금도 알아낼 수 없을 터였다. 그냥 피를 뽑았더라도 가능성이 희박하기는 했을 테지만.

'그래도 주의해서 나쁠 건 없겠지.'

짤막한 측정이 끝난 후, 여인은 적시운을 조로아스터의 방으로 안내했다.

"설마 라트린 후작가를 등에 업었을 줄은 몰랐군. 토마호크 클랜을 몰살시킨 것도 후작가의 힘을 빌린 덕분이었나?"

잡담 따윈 허용하지 않는 단도직입적인 태도. 아까 봤을 때와는 완전히 딴판이었다. 그리고 아마 이쪽이 그의 본모습이리라.

"그럴 수도 있고 아닐 수도 있지."

"별것 아닌 질문에도 확답을 피하는군. 겁이 많은 성격이군."

"시타델의 실질적인 경영자와는 어울리지 않는 싸구려 도발인걸?"

"후."

조로아스터는 피식 웃었다.

"전에 말했던 것처럼 이온 전지나 팔러 온 건 아닐 테고, 필시 뭔가 바라는 게 있을 테지?"

"그래."

"잘됐군. 스스로 말했던 것처럼 이곳까지 찾아왔고, 덤으로 1등 시민의 자격까지 얻었어. 제이콥 토마호크가 죽는 순간까지 얻으려 했던 걸 말이야."

"놈이 바라는 게 1등 시민증이었다고?"

"그렇다. 그것 하나만 바라보고 노예상 노릇을 해왔지. 숙원을 코앞에 두고 네게 당했지만 말이야."

"자업자득이지."

시큰둥하게 대꾸하는 적시운. 조로아스터 또한 그 말에 반박하진 않았다.

"죽은 놈 얘기를 더 나눌 필요는 없겠지. 어쨌든 본 목적을 말해봐라. 나와 접촉하려 했던 목적을 말이야."

"……"

적시운은 바로 대답하지 않고서 뜸을 들였다. 본 목적이라면 단순하기 짝이 없었다. 한국으로 향하기 위한 비행 수단과 연료를 얻어내는 것.

'하지만……'

아마도 그것은 불가능할 것이었다. 기술의 문제는 아니었다. 북미 제국의 기술력은 대륙을 횡단하기에 충분한 수준이었으니까.

기후의 문제도 아니었다. 김은혜가 건네준 USB에 태평양의 기후 패턴이 기록되어 있었으니까.

해양의 마수들은 물론 큰 문제였다. 하지만 그것만이 이유는 아니다.

가장 큰 이유는 북미 제국의 쇄국정책. 바로 그것이었다.

'이 정도 문명이 보존되어 있는데도 북미 제국은 해외와의 교류를 완전히 끊어두었다.'

그로 인해 UN 연합국들은 수십 년이 흐르는 동안 미국이 완전히 사라진 줄로만 알고 있었다. 사실은 그렇지 않은데도.

'국가 규모의 통제가 있기 때문이겠지.'

김은혜가 빼돌린 정보, 태평양의 기후 패턴을 제국 측에서 없애려 한 것 또한 마찬가지였다.

'제국은 그 누구도 바다 건너로 보내지 않으려 하고 있다.'

그런 마당에 비행 수단을 요구한다? 소리소문없이 칼 맞아 죽기에 딱 좋았다. 물론 적시운도 순순히 칼을 맞아줄 성격은 아니었지만 말이다.

그래도 신중을 기하는 편이 좋았다. 지금뿐 아니라 언제 어디서라도.

"돈."

그 모든 계산을 마치고 난 후에 도출된 결론이었다.

"가능한 한도 내에서 최대한의 부를 쌓고 싶다. 그러기에 가장 적합한 상대가 오스카 백작일 거라 생각했지."

"흠."

조로아스터는 미심쩍은 눈으로 적시운을 보았다. 네 말을 모두 믿지 않는다는 시선.

그러나 적시운은 태연했다. 믿든 말든 놈이 자신에게서 무언가를 더 캐낼 수는 없을 터였기에.

"거창하게 굴었던 것에 비하면 꽤나 소박한 목적이군. 기껏 이루고 싶다는 게 부자가 되는 일이라니."

"돈으로 뭐든지 살 수 있는 것은 만국 공통 아닌가?"

별것 아닌 말인데도 조로아스터의 눈썹이 꿈틀댔다.

"하늘 아래에 국가는 오직 북미 제국뿐이다."

"에스텔도 그렇게 말하더군."

"좋아. 네놈이 제법 머리에 든 게 많다는 건 알겠다. 하지만 제국의 1등 시민으로 살고 싶다면 이것부터 알아둬야 할 거다."

상체를 일으킨 조로아스터가 적시운에게 얼굴을 들이밀었다.

"북미 제국의 율법보다 신성시되는 것은 하늘 아래 오직 한 분뿐이라는 것을."

"황제, 라자루스 1세 말이군."

"그렇다. 또한 신성 모독은 즉결 처분 대상이란 것도 얘기해 두지. 설령 1등 시민이라 하더라도 말이다."

"기억해 두지."

"어쨌든……."

조로아스터는 다시 의자에 몸을 파묻었다.

"당장은 네놈에게 맡길 일거리가 없다. 차후에 괜찮은 일이 생기면 연락하지."

그가 적시운에게 뭔가를 내밀었다. 은박이 씌워진 플래티넘 카드였다.

"1등 시민의 권리에 의거, 네게는 기본적인 의식주가 제공된다. 숙소를 변경하는 것은 네 자유지만, 차후의 연락을 위한 수단 정도는 남겨두도록."

"그러지."

적시운이 카드를 집었다. 그러나 조로아스터는 바로 손을 떼지 않았다.

"그리고 경고하건대, 말썽을 일으킬 생각은 않는 게 좋을 거다."

적시운은 피식 웃었다.

"그러고 보니 생각났어. 당신에게 용무가 하나 더 있다는 것이 말이야."

"용무라고?"

"그래, 김은혜가 보자고 하던데."

조로아스터의 눈빛이 순간 미묘하게 변했다.

"김은혜…… 인가. 그녀가 나를 만나고 싶어 한다는 거군."

"그렇다."

"……잘 알겠다."

뭔가를 말하려다 애써 참은 듯한 느낌. 그러나 조로아스터는 그 이상의 단서를 흘리지 않았다.

"전달해 줘서 고맙군. 그냥 그때 통신기로 말했다면 더 편했을 테지만 말이야."

"부탁을 받기 전이었으니까. 받은 다음엔 당신 쪽에서 연락망을 없앴고."

"그랬군. 알겠다."

조로아스터는 의자를 빙글 돌려 등을 보였다. 그 뒤편의 전면 창 너머로 방대한 도시의 전경이 보였다.

"에메랄드 시타델에 온 것을 환영한다. 그만 가 보도록."

적시운에게 배정된 숙소는 행정구역 외곽의 단독주택이었다. 제법 널찍한 규모에 잘 관리된 마당까지 딸려 있었다. 본채 옆 차고에는 적시운의 트럭까지 주차되어 있었다. 공항에서 바로 가져다 놓은 모양이었다.

"서비스 좋은데."

말은 그렇게 하면서도 염동력을 펼쳐 트럭 내부부터 살폈다. 감시 장치가 부착되었을지도 모르는 일.

"딱히 감지되는 건 없는데."

이어서 저택 내부를 샅샅이 살폈다. 역시나 도청기나 감시 카메라는 달려 있지 않았다.

"혹은 내 감지 능력마저 뛰어넘는 걸 달아두었거나."

물론 그럴 확률은 지극히 낮았다. 설령 그 정도의 고성능 기기가 있다고 하더라도 적시운에게 낭비할 것 같지는 않았다.

"그럼 다음은……."

적시운은 재킷 속주머니에서 미네르바를 꺼냈다.

2

생각해 보면 1등 시민증을 발급받은 게 여러모로 행운이었다. 덕분에 정밀 수색을 피할 수 있었던 것이다.

공항 측에선 기껏해야 트럭 안이나 뒤져 봤을 터. 정작 적시운의 옷깃은 건드리지도 못했다.

"원래대로라면 수화물 검사대를 통과할 때 걸렸을 일인데 말이지."

이래저래 에스텔과 조우한 게 행운이었다. 정작 처음엔 똥 밟았다고 생각했었지만.

"뭐, 아직은 모르는 일이지."

조로아스터는 여전히 적시운을 경계하는 눈치였다. 그 사실을 제외하더라도 에메랄드 시타델은 결코 아늑한 보금자리가 되지 못했다. 원하는 걸 취하고 나면 떠나야 할 곳. 오래 머물러 봤자 좋을 것은 없었다.

"그러기 위해서라도 기반을 다져야 해."

우선은 정보. 적시운은 미네르바에 저장된 에메랄드 시타델의 상세 정보를 불러왔다. 이전에도 대강 훑어본 적은 있었지만, 이참에 제대로 숙지해 둘 생각이었다.

[에메랄드 시타델은 뉴 텍사스 주의 심장으로 불리고는 합니다. 등록된 인구수는 약 30만이며 그중 1등 시민은 623명입니다.]

"상위 0.2%라는 거네."

[이곳에 기반을 두고 활동 중인 길드는 총 31개이며, 그중 유력자의 후원을 받는 길드는 모두 7개입니다. 또한……]

시타델에 대한 정보는 꽤나 상세했다. 한 번 듣고는 모두 외우기 힘들 만큼.

우선은 도시의 구조 및 산업, 대략적인 역사 등의 정보부터 숙지해 두었다.

"몇 번 더 들으면서 중요한 정보만 추려내야겠어."

다음으로 소지금을 확인했다.

김은혜에게 받은 돈, 그리고 토마호크 클랜을 섬멸하며 챙긴 것들. 이를 전부 합산하니 대략 2천 엠파이어 달러쯤 되었다.

"이 동네 시세가 어떻게 되지?"

[행정구역 내 판매 물품들의 리스트입니다.]

미네르바의 디스플레이 위로 판매 중인 물품명과 숫자들이 좌르륵 올라왔다.

시큰둥하게 그것을 읽어 내리는 적시운의 표정이 일그러졌다.

"……이래서야 며칠 안 돼서 알거지가 되겠는걸."

생수 한 통이 50달러가량. 인플레이션을 감안하더라도 지나치게 비쌌다. 물론 저 바깥의 황무지에서라면 금값을 받더라도 이해할 수 있으리라.

그러나 이곳은 인구 30만을 수용하는 도시. 정화 시설이 충분히 확보되어 있을 텐데도 이런 가격이라는 건 이해가 되지 않았다.

"아니면 이 동네만 유독 시세가 높은 건가?"

혹시나 하여 타 구역의 물품 가격을 확인했다.

"역시."

여기서 50달러인 생수가 일반인 구역에선 2달러가 채 되지 않았다.

"돈 많은 놈이 호구 취급을 받는 건 한국이나 여기나 같나 보네."

아무래도 물품 조달은 일반 구역에서 해야 할 듯싶었다.

"그리고 가장 중요한 것은……."

역시 일자리. 충분한 자금을 확보하는 것이 적시운의 지상과제였다.

쇄국정책을 실시하고 있는 이상, 제국 측의 도움을 기대하는 건 무리수일 따름. 오히려 제국이 적시운의 계획을 알게 된다면 방해하려 들 것이 뻔했다.

결국 모든 과정을 비밀리에 진행하는 게 최선이었다. 되도록 관련되는 인물을 최소화하면서.

"그러기 위해선 무엇보다도 돈이 필요하다는 거지."

돈벌이 수단은 생각해 뒀다. 마수들이 득세하게 된 세계의 몇 안 되는 장점 중 하나가 이것이었기에.

"마수는 돈이 된다."

최하급으로 분류되는 마수조차도 일단 잡으면 껌값 정도는 챙길 수 있다. 가죽, 뼈, 고기 등은 괜찮은 거래 품목이었고 정 안 팔리면 먹어치우면 그만이다.

"코어라도 얻으면 횡재하는 거고."

B랭크, 혹은 엘리트 레벨 이상의 마수들의 몸속엔 코어라는 것이 생성된다. 사람으로 치면 단전에 비교할 수 있을 터. 쉽게 말하자면 생체 전지였다. 코어는 이온 계열 장비 강화 및 육체 강화에 주로 이용되었다. 당연히 강한 마수의 코어일수록 높은 성능을 지니고 있었다.

"그러고 보니……."

적시운은 트럭의 짐칸에서 몇 가지 무기를 챙겨 나왔다. 그중 단연 돋보이는 것은 은색으로 빛나는 원통형의 금속체. 맥빌의 이온 블레이드였다.

"이거 꽤나 비싸 보이는데."

일단은 미네르바로 스캔해 보았다.

[맥시멈 이온 블레이드. IBX-94 모델.]

[레어 등급 광검(Light Sword)입니다. 출력 증폭 개조와 안정성 개조가 되어 있습니다.]

무기를 비롯한 각종 장비 등급은 크게 다섯 레벨로 나뉜다. 일반, 스페셜, 레어, 에픽, 레전더리. 이 중 개인 소유가 가능한 것은 에픽 등급이 한계라고 봐야 했다.

레전더리 등급은 문자 그대로 전설. 떴다 치면 정부 휘하의 초법적 기관들이 득달같이 움직이게 마련이었다.

사실상 개인 소유는 불가능.

"국가와 홀로 맞설 수 있다면 또 모르겠지만."

실제로 레전더리 광검 하나 때문에 UN 연합군이 분열될 뻔한 적도 있었다.

"말 그대로 남의 나라 얘기란 거지."

기실 레어 등급만 되어도 보물 소리 듣기에는 충분했다. 적시운으로서도 직접 만져 보는 건 이게 처음이었고.

"돼지 목에 걸린 진주 목걸이였군."

기실 이것 말고도 각종 호화 장비를 온몸에 두르고 있던 맥빌이었다. 하지만 그런 돈지랄이 무색하게도 미간을 꿰뚫는 탄환 한 방에 삼도천을 건넜다. 아이템과 아티팩트 도배가 안전을 담보하진 않는다는 예시나 다름없었다.

"이거, 팔면 얼마쯤 할까?"

혼잣말이었는데 미네르바는 명령어로 받아들였다.

[에메랄드 시타델의 시세 및 동일 모델의 최근 거래가와 대조하여 추정한 값입니다. 최소 190만, 최대 220만 엠파이어 달러. 오차는 흥정 가능성 및 시세 변동 폭을 감안한 것입니다.]

"허."

적시운은 헛숨을 뱉었다. 소지금의 수천 배에 이르는 가격도 가격이거니와 예상을 넘어선 미네르바의 범용성도 놀라웠다.

"과연 첨단 장비라는 거군. 에누리할 때 손해는 안 보겠어."

[명령을 인식하지 못했습니다.]

"기계는 기계로군."

적시운은 다른 물품들도 조사하기로 했다. 매복자들에게서 빼앗은 은신용 아티팩트, 그리고 에스텔에게서 압수한 APS 발생 팔찌. 케르베로스 길드도 에스텔도, 장비를 돌려 달라는 소리는 한마디도 하지 않았다. 가진 자의 자존심인지 다른 꿍꿍이가 있는지는 알 수 없었다.

하기야 매복자들도 아쉬운 소리는 하지 못할 터였다. 적시운이 조금만 독하게 마음먹었다면 그들은 살아 있지 못했을 테니 말이다.

[카모플라쥬 네크리스. 모델명 없음.]
[스페셜 등급 목걸이입니다. 경량화 개조와 표면 강화 개조가 되어 있습니다.]
[카모플라쥬 링. 모델명 없음.]
[스페셜 등급 반지입니다. 충전량 증대 개조가 되어 있습니다.]

각각 만 달러 이상으로 추정되는 아티팩트였다.

"팔아치우면 되겠네."

위장을 할 일이 아주 없진 않겠지만, 굳이 장비의 힘을 빌릴 필요는 없었다. 적시운에겐 천마신공이라는 대체재가 있었으니까. 에스텔의 팔찌 역시 가치는 비슷했다. 그래도 이건 혹시 모르니 일단 가지고 있기로 했다.

"그럼 슬슬 나가볼까."

장비도 팔아치우고 주변 지리도 익힐 겸 적시운은 숙소 밖으로 걸음을 옮겼다. 얼마 걷지 못하고 불청객과 마주쳤지만.

"아, 여기 있었네. 집은 좀 어때?"

"……."

헨리에타였다. 뭔가를 잔뜩 담은 일회용 페이퍼백을 부둥켜안고 있었다. 혹시 몰라 염동력으로 감지해 보았다. 캔 맥주와 안줏거리가 한 아름이었다.

"날 찾아온 건가?"

"응."

"어째서?"

적시운의 물음에 헨리에타는 고개를 갸웃거렸다.

"어째서…… 라니? 뭐가 말이야?"

"더 이상 너희와 나 사이엔 접점이랄 게 없잖아. 너희는 아가씨를 되찾았고, 나도 내 목적을 달성했으니 우리가 더 얽힐 이유는 없지."

"그야…… 그렇지만."

말을 더듬거리던 헨리에타가 울컥한 표정을 지었다.

"누군 뭐 좋아서 이러는 줄 알아? 일이 잘 해결됐는지 아가씨께서 궁금해하셔서 일부러 찾아온 거란 말이야."

"잘 해결됐어. 확인했으니 그만 가 보면 되겠군."

"어……?"

헨리에타는 당황한 얼굴을 했다.

'이게 아닌데?'

그녀가 기대한 반응은 이게 아니었다.

도시라고는 구경 한 번 해보지 못한 황무지의 촌뜨기. 이것이 그녀가 생각했던 적시운의 모습이었다. 경쟁적으로 솟구쳐 오른 빌딩 숲과 첨단 문명의 위용. 그 앞에서 숨을 헐떡이고 있어도 시원찮을 판이었다. 무엇부터 해야 할지 막막해하고 있어야 정상이란 말이다.

'나도 그랬으니까!'

기실 그녀 또한 대도시를 처음 접했을 때 경험했던 바였다.

그럴 때 구원의 손길을 내민다. 물에 빠진 사람에게 구명구를 던지는 것과 다름없을 터.

'어디 나사 하나 빠진 인간이 아닌 바에야 고마워하지 않을 리 없지!'

이상이 헨리에타가 구상한 작전의 개요였다. 한데 시작도 하기 전에 꼬여 버렸다. 적시운에게선 당황한 기색을 조금도 찾을 수가 없었던 것이다.

그래도 혹시 몰라 헨리에타는 말을 꺼냈다.

"다, 당신 말이야. 이런 대도시는 처음 아냐? 내가 같이 다니면서 설명해 줄 수도 있는데."

"처음 아닌데. 이곳보다 큰 도시에서도 살아봤고."

"거짓말!"

"이런 것 가지고 거짓말을 할 이유가 있을까?"

"그건……."

우물거리던 헨리에타가 고개를 휘휘 저었다.

"어, 어쨌든! 에메랄드 시타델은 처음 와보는 거잖아? 무턱대고 돌아다니다간 길을 잃을지도 몰라."

"그럴 일 없어. 설령 길을 잃더라도 상관없고."

"……."

"그러는 너야말로 여기서 이럴 여유는 없지 않나? 공대장쯤 되는 위치라면 이것저것 처리해야 할 일도 많을 텐데."

"사무를 보는 사람은 따로 있어. 우리 길드는 분업 체계가 확실하게 잡혀 있으니까."

"그러니까, 너희는 싸우기만 잘하면 된다?"

"그래, 어중이떠중이만 모인 삼류 길드하고는 차원이 다르다고."

적시운은 피식 웃었다. 헨리에타는 그게 마치 대단한 점이라도 되는 양 말했지만, 사실 생각해 보면 이것이야말로 지극히 상식적인 체계였다. 싸우는 자는 싸움만 잘하면 되고, 사무직은 서류만 잘 다루면 된다. 구태여 양쪽 모두를 잘하려 들 필요는 없는 것이다.

"확실한 건 네가 한가하다는 점이군."

"흥, 그래서 불만이야?"

"딱히."

적시운은 걸음을 옮겼다. 헨리에타는 페이퍼백을 든 채로 황급히 뒤를 따랐다.

"목적지는 정하고서 움직이는 거야?"

부동산, 무기점, 알선소, 경매장. 우선적으로는 그곳들부터 알아둘 생각이었다.

물론 구태여 헨리에타에게 설명하진 않았다. 그녀를 신뢰할 이유도, 구구절절 떠들어 댈 필요도 없었기에.

주택지를 벗어나 한참을 걸었다. 헨리에타는 의외로 군말 없이 적시운을 뒤따랐다.

꽤나 오래 걷고 나니 번화가가 나타났다. 행정구역을 벗어나 일반 시민 구역으로 들어선 것이었다.

제법 많은 사람이 거리를 오가고 있었다.

햇살이 떨어져 내리는 찻집의 테라스. 테이블에 앉아 도란도란 얘기를 나누는 사람들. 파란불과 함께 횡단보도로 우수수 쏟아지는 인파.

신서울 지하 도시에서나 보았던 광경이었다.

평화, 그 자체.

번잡한 걸 싫어하는 적시운이었지만 지금만큼은 이 생동감과 소란스러움이 너무나 반가웠다.

헨리에타는 그런 적시운을 물끄러미 바라봤다.

'신기해하는 모습이 아냐.'

처음엔 그런 줄로만 알았다. 아닌 척하면서도 결국은 도시의 스케일에 압도당한 촌뜨기의 반응이라고.

한데 눈빛을 보니 그런 것이 아니었다. 이 남자의 눈에 감도는 감정은 놀라움이나 경이가 아니었다.

'그리움……?'

그녀가 잘못 본 게 아니라면 그의 눈빛에 떠올라 있는 감정은 애잔한 그리움이었다.

'이 남자는 대체 무슨 일을 겪었던 걸까?'

3

"그자가 찾아왔습니다."

말을 꺼낸 조로아스터가 이내 아차 하는 표정을 했다. 사소하지만 그답지 않은 실수를 했던 까닭이다.

오스카 백작은 그 점을 놓치지 않았다.

"네가 이런 실수를 하는 일도 다 있군."

"송구합니다."

'그자'라거나 '놈'과 같은, 단번에 신원을 파악하기 힘든 표현은 지양한다. 비효율적이기 때문이다. 합리와 실속을 중시하는 에메랄드 시타델의 불문율이었다.

조로아스터는 표현을 수정하여 다시 보고했다.

"자칭 오소독스의 스캐빈저가 시타델에 입성했습니다."

"토마호크를 멸망시켰던 녀석 말이군."

"예, 본명은 적시운. 아시아계 남성입니다. 또한 어제부로 북미 제국의 1등 시민이 되었습니다."

"많은 설명을 생략한 듯한 보고로군."

"라트린 후작가가 놈의 배후에 있습니다."

짤막한 침묵이 흘렀다.

"엘모 라트린 후작이?"

"예, 정확히는 후작의 질녀와 우호적인 관계인 듯합니다."

오스카 백작은 다시금 침묵했다.

무소불위에 가까운 권력을 휘두르는 그라고는 하지만 전지전능하진 않았다. 그에게도 현실적인 한계란 존재했다.

자신보다 지위가 높은 귀족 또한 그중 하나. 라트린 후작이 후견을 보고 있다면 함부로 건드리기가 애매했다.

"……우선은 지켜보는 수밖에 없겠군. 놈의 행동을 예의 주시하도록."

"예."

조로아스터는 깊이 고개를 숙였다.

"말씀대로 하겠습니다."

"보고할 내용은 그게 끝인가?"

"사실 하나가 더 있습니다."

"뭐지?"

"놈, 그러니까 스캐빈저가 전달해 준 내용입니다만……."

잠시 주저하던 조로아스터가 말을 이었다.

"김은혜가 저와 접촉하길 원하고 있습니다."

"흠."

백작은 실소했다.

"마침내 현실에 굴복한 모양이군. 좋아, 이 일은 네게 일임하겠다. 실수할 리는 없겠지?"

"물론입니다."

조로아스터는 재차 고개를 숙였다.

"두 번 다시 실수하는 일은 없을 것입니다."

적시운은 거리 탐방을 마치고 숙소로 돌아왔다.

'알선소 빼고는 다 찾아낸 셈인가.'

일반 지역의 거리 구석구석을 샅샅이 살폈다. 동시에 들러봐야 할 곳을 볼 때마다 머릿속에 새겨놓았다. 바로 들어가지는 않고서.

'방문하는 건 혼자일 때.'

결과적으로 헨리에타 입장에선 적시운이 그저 정처 없이 걷는 것처럼 보였을 것이다.

실제로 그녀는 얼굴 가득 불만을 드러내고 있었다.

"그래, 산책은 실컷 하셨나 보네."

"대강은."

"흥."

그녀는 적시운의 뒤를 따라 숙소로 들어섰다. 지극히 당연하다는 태도로.

적시운도 그녀를 문전박대하진 않았다. 순전히 목이 말랐고, 이 근방의 편의점에 들르기는 꺼려졌으며, 먼 일반 구역의 상가까지 갈 마음은 들지 않았기 때문이다.

그리고 그녀의 품 안엔 맥주 캔이 있었다.

"미지근하다는 게 좀 아쉽지만."

"뭐가?"

적시운은 대답 대신 페이퍼백에서 맥주 캔을 꺼냈다. 그것을 본 헨리에타가 미간을 찡그렸다.

"맥주 때문에?"

"맥주 덕분에."

"맥주 안 사왔으면 집 안에 들이지도 않았을 거란 뜻이야?"

"정답."

"……."

"볼일 다 봤으면 가 봐도 되는데."

"아, 아직 볼일 안 끝났어."

그녀는 고집스럽게 소파에 엉덩이를 붙였다. 적시운은 당장 마실 맥주만 빼놓고 나머지를 냉장고에 넣었다.

냉장고 안엔 시타델 측에서 준비해 둔 듯한 음식과 음료가 가득했다. 비단 그뿐만이 아니었다. 헨리에타가 앉아 있는 소파를 비롯해 숙소 안엔 편의를 위한 거의 모든 가구와 물품이 비치되어 있었다. 마치 일류 호텔의 객실에 들어선 느낌이었다.

'머무는 건 잠깐뿐이겠지만.'

이미 적시운은 마음을 정해두었다. 이 이상 조로아스터나 시타델 측과 얽히는 건 피하는 게 좋았다. 권력자를 믿어선 안 된다는 건 만고의 진리와 같았던 것이다.

아지트로 써먹을 장소를 찾아낸 다음엔 이곳을 비울 생각이었다.

"저기, 있잖아."

생각 중인 적시운에게 헨리에타가 말을 붙였다.

"뭐야?"

"잡소리 다 치우고 본론만 말할게. 어차피 딴소리를 해봐야 비꼬기만 할 테니까."

"좋을 대로 해."

헨리에타가 작게 심호흡을 하고는 말했다.

"당신, 용병이거나 헌터겠지? 만약에 할 일이 따로 없다면 내가 일자리를 주선해 줄 수도 있어."

일자리. 자금이 필요한 적시운에게 있어 적절한 제안이라 할 수 있었다.

"일자리라면, 너희 길드 말인가?"

"그래, 단독 행동에는 한계가 있잖아? 당신도 잘 알고 있겠지만."

헨리에타는 진지한 태도로 말했다.

"마침 맥빌이 죽어서 자리도 하나 비었어. 당신 실력은 이미 우리 공대원 모두가 확인했고. 게다가 아가씨의 호의까지 얻었지. 단번에 에이스 대접을 받더라도 아무도 뭐라 하지 못할 거야."

꽤나 달콤한 제안. 하지만 옳다구나 하고 덥석 물 수야 없는 노릇이었다.

일단은 조건부터 묻기로 했다.

"길드원 한 명이 얻을 수 있는 수익은 어느 정도지?"

적시운의 질문에 헨리에타의 입가가 실룩 움직였다. 애써 미소를 참아내는 얼굴. 실제로 그녀는 반쯤 성공을 확신하고 있었다.

'후후, 듣고 나면 넘어오지 않고는 못 배길걸?'

헨리에타는 우쭐대고 싶은 마음을 애써 참으며 말했다.

"네오 유타 주에서 최고 수준이라 생각하면 돼. 물론 이곳 뉴 텍사스 주에서도 비교할 길드는 없다고 봐도 좋아."

"그런 상투적인 표현 말고. 정확한 수치를 제시해."

"……당신이라면 주급 5천 달러는 기본으로 챙길 수 있을 거야. 물론 마수 사냥에 따른 보너스는 별도로 지급되고."

"흠."

적시운이 시큰둥한 반응을 보이자 헨리에타는 다급해 졌다.

"이건 초봉이고, 경력이 쌓이거나 승진하게 되면 급료 또한 기하급수적으로 올라가게 될 거야."

헨리에타의 어조가 미묘하게 빨라졌다.

"그레이트 샌드웜 같은 대형 마수라도 사냥하는 날엔 남들 연봉을 가볍게 넘어서는 보너스를 받을 수 있어. 당신도 직접 봤으니 알 테지?"

"그레이트 샌드웜의 코어가 지닌 가치를 생각하면 그것도 적은 것 아닌가?"

"……그렇긴 하지. 하지만 혼자서는 사냥할 수 없다는 걸 생각해야지 않겠어?"

공격대원들이 이용할 장비와 소모품, 그들을 지원할 추가 인원과 비행선. 이런 요소들을 감안한다면 헨리에타의 말이 맞기는 했다.

"A급 이상의 마수는 혼자 사냥하는 게 거의 불가능해. 그래서 파티가 있는 거고 공격대가 있는 거잖아?"

"무슨 말인지 이해했어. 더 말하지 않아도 돼."

"좋아, 그래서…… 당신의 대답은?"

헨리에타가 초조함을 감추고서 물어봤다. 애써 무심한 척하려는 그 모습이 오히려 초조한 속내를 반증하고 있었지만.

"생각 좀 해본 후에 답해주지."

"……얼마나?"

"어느 정도가 될지는 나도 잘 모르겠는데. 얘기가 없으면 거절한 줄로 알면 될 거야."

헨리에타는 울컥하여 적시운을 노려봤다.

'이렇게까지 친절하게 얘기해 줬는데!'

그녀가 내건 조건은 꽤나 파격적이었다. 더군다나 케르베로스 길드 하면 뭇 용병 및 헌터들에게 있어 선망의 대상. 남들은 가입하지 못해서 안달인 길드였던 것이다.

한데 이 남자는 특별 대우를 보장한다는데도 시큰둥할 따름이었다. 그 태도가 헨리에타의 속을 박박 긁어놨다.

'대체 어떻게 되어 먹은 인간이야?'

하나부터 열까지 마음에 드는 게 없는 남자였다. 당장 그녀를 대하는 태도만 봐도 그랬다. 기실 헨리에타는 누군가에게 이렇게까지 살갑게 굴어본 일이 거의 없었다.

언제나 침착하고 냉정하며 시크한 성격의 냉미녀.

헨리에타에 대한 동료들의 평가…… 라고 그녀 본인은 생각하고 있었다.

'그런 내가! 이렇게까지 하는데!'

눈썹 하나 꿈쩍하지 않는다. 포커페이스도 이쯤 되면 도가 지나칠 지경. 마음 같아선 손에 든 맥주를 확 끼얹어버리고 싶었다. 하지만 그녀는 애써 인내심을 발휘했다.

'내가 이번 한 번만 넘어가 준다. 알겠어?'

마음속으로 중얼거린 헨리에타가 통보했다.

"알고 있겠지만 우리 길드의 본거지는 여기가 아닌 세인트 로드야. 이곳에 머무르는 건 길어야 일주일을 넘기지 않을 테고."

"알겠어."

"정말 알고 있는 것 맞아? 어쨌든 늦어도 일주일 내에는 연락을 줘야 할 거야. 그 이후엔 하고 싶어도 못 할 테니까."

"그러지. 연락이 없으면 거절한 걸로 알면 된다."

"……그러셔. 번호는 명함에 적혀 있으니 받아둬."

적시운은 대답 없이 손만 달랑 내밀었다. 시선은 이미 그녀가 아닌 바닥에 깔아놓은 물품들에 고정되어 있었다.

"흥!"

헨리에타는 명함을 던졌다. 한데 그 서슬에 실수로 같이 쥐고 있던 맥주 캔까지 내던지고 말았다. 반쯤 남아 있던 내용물이 허공에서 쏟아져 나왔다. 하지만 바닥에 철퍽 떨어지진 않았다. 정지 영상처럼 허공에 떠 있는 깡통, 그로부터 흘러나온 맥주. 적시운이 염동력으로 붙들어 둔 것이었다.

후루룩.

화면을 되감기 한 것처럼 흘러나온 맥주가 캔 안으로 되돌아갔다.

아차 싶었던 헨리에타는 내심 안도했다. 그래도 굽히고 들어가기는 싫었기에 뾰족한 어조로 말했다.

"사과하진 않을 거야."

"좋을 대로 해."

"으윽!"

헨리에타는 두 손을 부르르 떨었다. 차라리 화라도 낸다면 마주 쏘아붙이기라도 할 텐데, 뭘 해도 무반응이니 그녀만 속이 타들어 갔다.

적시운은 염동력으로 명함을 끌어당겨선 주머니에 넣었다.

"흥, 염동술사라서 편하시겠어."

"꼭 그렇진 않아."

"왜?"

"남들은 느끼지 못하는 것까지 느껴야 하고, 신경 쓰게 되니까."

"……당신, 이능력 랭크가 어떻게 되는데?"

"더블 B."

"정말로?"

"이런 걸로 굳이 거짓말을 할 이유가 있을까?"

"그야…… 그렇지만."

헨리에타는 속으로 군침을 삼켰다.

'더블 B랭크의 염동술사!'

케르베로스 길드 내에서도 상위권에 속하는 수준이었다.

게다가 염동술사는 팔방미인이다. 대미지 딜링, 서포트, 백업. 그 어떤 임무를 맡겨도 밥값을 충분히 해내는 것으로 정평이 나 있었다.

'거기에 빼어난 전투 센스까지 갖췄다면……!'

북미 대륙의 어느 길드를 가든 에이스 자리를 꿰차는 데 문제가 없었다. 더군다나 적시운의 실력은 헨리에타뿐 아니라 제3공대원 모두가 목도한바. 이런 인재를 영입한다면 그녀의 평가도 상승할 것이 자명했다.

'이참에 한 번 더 시도해 봐?'

헨리에타는 혀끝으로 입술을 축였다. 미모와 매력이란 두 가지 무기로 중무장한 육탄 돌격. 지난번엔 술이 과해 실패했다지만, 이번엔 얘기가 달랐다. 같은 실수를 반복할 만큼 멍청하진 않은 그녀였던 것이다.

그러나 헨리에타는 이내 고개를 가로저었다.

'지금은 아냐.'

복장 및 화장 상태 등, 모든 면에서 매력을 어필할 준비가 갖춰지질 않았던 것이다.

'무엇보다 저 인간부터가 딱히 생각이 없는 것 같고.'

아직 시간이 남아 있었다. 헨리에타는 다음을 기약하기로 했다.

'두고 봐. 반드시 내 뜻대로 움직이게끔 구워삶아 주겠어!'

케르베로스 길드의 숙소.

귀환한 헨리에타를 맞은 이는 제3공대의 사무원이었다.

"제3공대장님, 시타델 측으로부터 리포트를 보내왔습니다."

공대장이란 칭호에 헨리에타는 내심 미소를 지었다. 그래도 얼굴은 애써 무표정을 유지했다. 그녀의 대외적인 이미지는 어디까지나 냉철하고 세련된 미녀였기 때문이다.

"조로아스터가 보낸 거야?"

"네. 그 남자, 적시운의 신체 측정 결과입니다."

"흐응."

라트린 후작가의 눈치도 있고 하니 형식적으로 보내준 모양.

헨리에타는 리포트를 받아 들었다. 특이한 점은 딱히 없었다. 말 그대로 신체를 측정한 기록에 불과하니까. 몸무게나 키 따위의 수치를 알아봤자 좋을 것도 없었고.

"응?"

헨리에타가 돌연 눈을 빛냈다.

리포트의 최하단. 짧게 적혀 있는 문구가 그녀의 시선을 확 붙들었던 것이다.

혈액 측정 결과, 이능력자인 것으로 확인됨.

추정되는 이능력의 종류: 염동력(92%), 발화 능력(17%), 텔레파시(9%).

추정 랭크: BBB.

"……더블 B가 아니라고?"

이게 의미하는 바는 뭘까.

가장 먼저 떠오른 가능성은 두 가지였다.

적시운이 본인의 이능력 랭크를 헷갈렸거나, 헨리에타에게 거짓말을 했거나.

하지만 후자일 가능성은 그리 크지 않았다.

'어차피 금방 탄로 날 거짓말을 해서 뭐한다고?'

이상하기는 전자도 마찬가지이긴 했다. 이능력 랭크가 뭐 기억하기 어려운 거라고 헷갈린단 말인가?

제3의 가능성이 살짝 고개를 쳐들었다.

'랭크 업을 했다거나?'

이능력 랭크의 상승. 그런 경우가 아주 없진 않았다. 지극히 희박하다는 게 문제였지만.

'그나마 가능성이 있는 것은…….'

대량의 코어를 흡수했을 경우, 혹은 상상하기 힘들 정도의 전투 경험을 쌓아 육체가 한계를 돌파한 경우.

대략 이 두 가지였다.

그러나 현실적으로 따졌을 땐 역시 불가능에 가까웠다. 가장 값싼 코어라 해도 그 가치는 눈 돌아가는 수준이었던 것이다.

예컨대 그레이트 샌드웜의 코어가 지닌 가치는 5백만 ED(Empire Dollor)에 육박했다. 코어 시장에선 중저가라 할 수 있음에도 이 정도.

더블 B랭크의 이능력자를 랭크 업 시키려면 족히 수천만 달러치의 코어가 필요할 터였다.

'그 정도의 부자일 리는 없겠지.'

그만한 재력이 있다면 일자리를 찾으려 할 리가 없다. 애초에 1등 시민증 정도는 어떤 식으로든 취득했을 테고.

더군다나 육체가 한계를 돌파하는 경우는 얘기로만 들어 봤을 뿐 가능성은 전자보다도 낮았다.

헨리에타는 랭크 업이라는 가능성을 뇌리에서 지웠다.

"역시…… 헷갈린 거겠지?"

혹은 일부러 그녀에게 거짓말했거나.

생각해 보니 지금까지의 태도로 보건대 아주 가능성이 없다고도 하기 어려웠다.

'으으.'

적시운을 생각하자니 애써 가라앉힌 열이 다시 치솟는 느낌이었다.

"나쁜 놈……."

"네?"

사무원의 반문에 헨리에타는 움찔했다.

"아, 미안. 당신한테 한 말은 아니었어. 혹시 기분이 상했다면 사과할게."

"아뇨, 괜찮습니다. 그럼 이만 가 봐도 되겠습니까?"

"으응, 수고해."

사무원이 떠나간 자리에서 헨리에타는 홀로 한숨을 내쉬었다.

"역시 그 둘 중에 하나겠지? 랭크 업을 했을 리는 없을 테니까 말이야."

"랭크 업을 한 건가?"

적시운은 멍하니 중얼거렸다. 방 안은 헨리에타가 떠났을 때 모습 그대로였다. 두어 시간이 흐른 지금까지도 무엇 하나 건드리지 않았던 까닭이다.

적시운은 그 시간 내내 한 가지 생각에만 몰두해 있었다.

자신의 이능력, 그 변화에 대하여.

"……."

처음 이질감을 느낀 것은 조금 전, 헨리에타가 내던진 맥주 캔을 허공에서 정지시켰을 때였다.

평소와는 다른 느낌. 액체가 흘러나올 때와 캔이 허공을 날아갈 때의 감각이 너무나 생생했다. 염동력을 펼쳤을 때도 마찬가지. 평소보다도 훨씬 자연스럽고 정교하게 펼쳐지는 느낌이었다.

'뭐지?'

표현하기 힘든 정신적 여파가 적시운의 뇌리를 흔들었다. 결국 이어지는 헨리에타의 말도 들은 체 만 체하며 생각에 빠져들었다.

'취했기 때문인가?'

그럴 리는 없었다. 취기는 이능력 발현을 방해하면 방해했지 돕지는 않으니.

'하긴, 취한다고 능력이 상승할 거라면 개나 소나 술고래가 됐겠지.'

그 외에도 몇 가지 가능성이 떠올랐으나 하나같이 시답잖은 것들뿐이었다.

잔가지를 다 쳐 내고 나니 남는 결론은 하나뿐.

'천마신공.'

그중에서도 심법인 천마결이었다.

내공심법이란 비단 단전에 기운을 축적하는 것에 그치지 않는다. 호흡을 하고 기운을 운행하는 과정을 통하여 정신 또한 자연히 단련되는 것이다.

그리고 이능력은 인간의 정신력이 빚어내는 일종의 기적.

두 요소는 자연히 연관될 수밖에 없다.

"내가 내린 결론이 정답이야?"

적시운은 질문했다. 자신의 의식 속에 존재하는, 일단은 스승이라 할 수 있는 존재에게.

[그럴 수도 있고 아닐 수도 있지.]

"……너무 무성의한 대답 아닌가?"

[본좌는 자네의 무의식에 기생하는 그림자일 뿐. 자네가 이해하지 못하는 바는 본좌 또한 이해하지 못한다네.]

"평소엔 뜬구름 잡는 소릴 잘만 떠들어 대는 주제에."

[하나같이 자네의 무의식 안에 담겨 있는 생각들이라네. 게다가……]

"게다가, 뭔데?"

[원인에 대해 머리 싸매고 고민할 이유는 없지 않나?]

"그건…… 그렇지."

어차피 적시운은 천마신공의 수련을 멈출 생각이 없다. 만일 천마결과 이능력의 상승이 연관되어 있다면 이는 쌍수를 들고 환영할 일이다.

만약 그렇지 않다면?

어쩔 수 없는 일. 단지 그뿐인 것이다.

'가장 좋은 경우는 정확한 원인을 알아내서 활용하는 것이겠지만.'

자체적으로 정밀 검사를 할 방법이 있는 것도 아니다. 그렇다고 시타델이나 다른 집단에 몸을 맡기고 싶지는 않았다.

사실 이것 외에 다른 답이 있을 것 같지도 않았다. 그저 심증은 있되 물증이 없을 뿐이지.

결국 간편하게 생각하기로 했다.

"계속 수련하다 보면 답이 나오겠지."

[좋은 변화로군.]

미묘한 뉘앙스를 띤 천마의 말에 적시운의 눈썹이 움찔했다.

"변화라니, 뭐가 말이야?"

[자네의 태도 말일세.]

"내 태도?"

[과거의 자네는 지나치리만치 위축되어 있었지. 자기 그림자에도 겁을 집어먹는 새끼고양이처럼 말일세.]

적시운은 눈살을 찌푸렸다.

"하필 비유를 해도……."

[사실은 사실 아닌가? 자네를 보고 있자면 꼭 세상 만물을 경계하는 것 같더군.]

틀린 말은 아니다. 실제로 그러했으니까.

"한순간의 방심이 목숨을 앗아갈 수도 있어. 내 능력이 어떻든 간에 그 사실은 변하지 않는다고. 더군다나 세상천지가 적투성이인 이곳에서는 더더욱."

[알고 있네. 자네를 비웃으려는 것도 아닐세. 그저 자네의 태도가 변하였음을 상기시켜 주려는 것뿐이라네.]

"조심성 없게 변했다고?"

[본좌라면 달리 표현하겠네. 진취적으로 변했노라고.]

"그랬던가?"

변하기는 했다. 그 점은 적시운도 인정하는 바였다.

아마도 그 기점은 토마호크 클랜과의 일전이었을 것이다.

[자네는 그때 온몸으로 자각하게 되었지. 천마신공이 지닌 진정한 힘을, 자네가 이룩할 수 있는 경지의 아득함을.]

머릿속의 천마가 속삭였다.

[자네는 전무후무한 행운아일세. 우연과 기연의 중첩을 통해 그 누구도 어찌하지 못할 강자를 쓰러뜨렸지. 그 이전과 이후에 기묘한 운명의 뒤틀림을 경험했다고는 하지만 말이야.]

"……."

[힘을 지닌 자는 패도적으로 변하게 마련일세. 그건 누구도 거스르지 못하는 인간의 본성이야.]

"그리고 우쭐대다가 한순간에 훅 가버리는 거지. 당신처럼."

적시운이 쏘아붙였지만 천마는 조금도 동요하지 않았다.

[자네 말이 옳아. 아는 것이 힘이라면, 본좌는 그 힘이 조금 부

족했다고 할 수 있겠지.]

"……미안하게 됐군."

[본좌는 개의치 않네. 중요한 사실은 이것이지. 자네에겐 본좌
에게 결여된 힘이 있다는 것.]

"지식 말인가?"

[그렇다네.]

적시운은 모든 걸 잊고서 천마의 말에 몰입하고 있었다.
말이라 해봐야 머릿속의 망상에 불과할지도 모르지만.

그렇지만…….

[본좌는 자네의 세계를 몰랐기에 패배했지. 하지만 자네는 달
라. 이 세계에 대해 충분히 인지하고 있으며, 동시에 또 다른 세계
의 힘을 지니고 있지.]

"나는……."

[강해질 수 있네.]

천마는 한 치의 흔들림도 없는 어조로 말했다.

[자네가 원하는 바를 능히 행할 수 있을 만큼.]

이튿날.

적시운은 미네르바를 켜고 에메랄드 시타델의 구역들을

확인했다. 이유는 실로 간단했다.

'사냥터를 찾기 위해.'

대도시는 그저 홀로 오롯이 존재하지 않는다. 그러고 싶어도 그럴 수 없는 게, 대규모의 인간 사회는 필연적으로 잡다한 무리를 불러들일 수밖에 없는 것이다.

우선은 하층민들.

도시에서의 삶을 허락받지 못한 이들은 그 주변으로 모여들게 마련이었다.

신서울 지하 도시 또한 그러했다. 입주를 허가받지 못한 이들은 바로 위, 지상에 터전을 잡고 살아가야 했다.

그리고 이들은 필연적으로 또 다른 불청객을 불러들이게 마련.

'마수들.'

인간에게 있어 마수가 돈줄이라면 마수에게 있어 인간은 군침 도는 한 끼 식사였다.

도시를 수호하는 병력은 하층민들까진 보호하려 들지 않는다. 수지타산이 맞지 않기 때문이다.

하급 마수를 잡아서 얻는 이득보다 사냥하는 데 드는 수고와 비용이 크다면? 하층민들의 목숨 따위엔 연연하지 않게 되는 것이다.

적시운은 그러한 대도시의 냉혹함을 수도 없이 목도했었

다. 이곳, 에메랄드 시타델이라 하여 다를 것은 없을 터였다.

기계음 섞인 여성의 음성이 흘러나왔다.

[시타델 북쪽, 성벽 바깥에 하층민 구역이 존재합니다.]

과연 예상대로였다.

[하층민 구역은 크게 셋으로 나뉩니다. 남동쪽으로는 폐기장이 있으며 남서쪽으로는 하수처리장이 있습니다.]

그리고 가장 외곽이라 할 수 있는 북쪽에 하층민 촌락이 있었다.

"속이 뻔히 보이는 배치로군."

하층민들이 자발적으로 터를 잡았을 리는 없다. 죽고 싶어 환장했다면 또 모를까. 필시 시타델 행정부의 입김이 있었으리라. 그리고 그 의도는 물론……

"마수들을 막기 위한 방패로 사용하겠다는 거겠지."

사람 목숨보다 하수처리장과 폐기장이 중요하다는 뜻.

김은혜를 비롯한 이들이 시타델을 떠나온 게 이해가 됐다.

적시운의 생각이 이어지던 중 미네르바가 새로운 정보를 출력했다.

[해당 지역 관련 의뢰가 현재 22건 존재합니다. 확인하시겠습니까?]

"관련 의뢰라고?"

[시타델에서 내건 공적 의뢰가 8건, 기타 의뢰가 14건입니다.]

적시운의 눈이 빛났다.
"기타 의뢰 목록을 보여줘."

[명령을 확인했습니다.]

미네르바의 디스플레이 위로 의뢰 목록이 죽 나열됐다. 간략한 의뢰 내용과 보수, 의뢰를 중개하는 알선소의 이름이 표시되어 있었다.

대체로 의뢰 종류는 일일 노동. 한마디로 노가다꾼을 구하는 구인 광고였다. 보수는 적지만 위험도는 낮다. 의뢰라는 표현이 무색할 수준.

"내가 생각한 것보다 상태가 좋은 건가?"

그렇지는 않았다. 스크롤을 내리니 마수 사냥 의뢰가 잇따라 나타났다. 그리고 하나같이 동일한 비고 사항 또한.

[파티 권장(4인 이상), 알선소와 협의하에 구성 가능.]

"그러니까……."

같은 의뢰를 맡게 된 서로 다른 헌터들을 파티로 맺어주겠다.

대략 그런 뜻으로 보였다.

"보수는 머릿수에 따라 나눠 가져야 하고 말이지."

사실 이상할 것은 없었다. 잡것 한두 마리 잡는 수준이라면 거창하게 의뢰를 내걸지도 않았을 테니까. 파티 플레이를 요구할 만큼의 난이도를 지녔다는 뜻.

물론 적시운은 파티 따위를 꾸릴 생각은 없었다.

"뭐, 여차하면 의뢰 안 받으면 그만이고."

어디까지나 주목적은 사냥 자체. 의뢰 및 보수는 부차적인 것에 지나지 않았다.

"그래도 시도는 해봐야겠지."

적시운은 미네르바를 내려놓고 다른 기기를 집었다. 일반 구역의 기기점에서 싸게 산 휴대폰으로 통신을 위해 구매한 것이었다.

미네르바에도 통신 기능은 기본적으로 탑재되어 있긴 했다. 하지만 되도록 사용하진 않을 생각이었다. 역추적을 당하거나 혹시 모를 문제가 생길 수도 있을 것 같아서였다.

"통신 쪽은 잘 모르지만 말이야."

만약을 위해 보험을 들어두어서 나쁠 것은 없을 터.

적시운은 싸구려 폰으로 알선소 페이지에 접속했다.

5

한국을 비롯한 생존국들에 지하 도시가 성행하게 된 이유는 간단하다. 그편이 더 안전하기 때문이다.

지상은 이미 마수들의 것.

과거, 첫 침공 때처럼 미친 듯이 쇄도하는 빈도는 줄어들었지만 언제 어디서 나타날지 모르는 게 마수들이었다.

지상에서 살아간다는 건, 언제라도 마수들과 조우할 수 있음을 각오해야 함을 의미했다.

"이곳이라 하여 다를 건 없겠지."

이미 한 차례 북미 대륙을 초토화시킨 마수다. 한국이나 기타 외국에 비해 더하면 더했지 덜하진 않을 터였다.

그런데도 당당히 지상에 세워진 도시가 바로 이곳, 에메랄드 시타델. 마수들의 공습이 빈번하지 않을 수 없었다.

"그렇다면 이곳은 그 전초기지쯤 되겠는데."

적시운은 전방을 응시했다. 해일이 한바탕 휩쓸고 간 것 같은 거리였다.

내부를 적나라하게 드러낸 폐건물들. 오소독스의 건물들과 달리, 이곳엔 이끼나 나무 덩굴 같은 식물이 거의 없었다.

그렇기에 더더욱 황폐해 보이는 느낌. 그 외에도 본래 형체를 알아보기 힘든 갖가지 잡동사니가 거리 곳곳에 흩뿌려져 있었다.

"쓸 만한 게 있으려나."

그렇게 생각하던 적시운이었으나 이내 마음을 접었다. 암만 봐도 써먹을 만한 물품은 없어 보였다. 오소독스 때와는 입장이 사뭇 달라지기도 했고.

"사람 마음이란 게 참 간사해. 없을 땐 쓰레기조차도 아쉬워지는데, 넉넉해지고 나니 눈길조차 주지 않게 된단 말이야."

[명령을 인식하지 못했습니다.]

안주머니 속의 미네르바가 응답했다. 지도 확인을 위해 켜놓고는 깜빡한 모양.

적시운은 미네르바를 꺼내 들어 지형을 확인했다. 하층민구역의 남동쪽. 폐기장 근처였다. 이따금 바람이 불어올 때마다 역한 냄새가 코를 찔렀다. 어찌나 심한지 후각이 마비될 지경.

"마수들이 활보하는 데 있어 최적의 장소라는 거지."

은신형 마수조차 숨기는 게 거의 불가능한 게 있으니, 그 게 바로 특유의 악취였다.

사실상 대(對)마수 전투력이 0에 가까운 군견이 지속적으로 양성되는 이유가 이것.

마수들 역시 그 사실을 인지하고 있었다. 때문에 후각을 통한 감지를 피하기 위한 여러 방법을 시도했는데, 그중 가장 간단하고 편리한 게 이것이었다.

"쓰레기 더미를 은신처 삼는 거지."

알선소 어플에 올라온 의뢰는 물론 이와 관련된 것. 폐기장 근처에서 구울 무리가 확인되었으니 처리해 달라는 내용이었다.

확인된 숫자만 백 단위. 알선소 측에서 파티 구성을 권장한 것도 이해가 됐다. 물론 적시운은 단칼에 거절해 버렸지만.

-동료가 없는 거라면 우리 쪽에서 중개해 줄 수 있소만.

권유하는 듯했지만 어투를 보자면 강매에 가까웠다.

상대방은 중년 남성이었다. 자신을 알선소의 소장이라고 소개했는데, 첫마디부터 적시운을 대놓고 깔보는 느낌이었다.

　-그럼 파티 구성은 이쪽에서 해주는 걸로 하겠소.

　"필요 없어. 혼자가 편해. 파티 같은 건 맺지 않을 거다."

　-이보쇼, 혼자 나대다가 죽는 거야 내 알 바 아니지만, 규정이 규정이라 어쩔 수 없소. 사냥 의뢰에 있어 파티 구성은 필수요.

　"실존하지도 않는 규정에 대해 떠드느라 고생이 많군."

　-뭐라고?

　"사실은 파티원을 중개해서 수수료 챙기려고 그러는 거잖아. 보아하니 가격도 사람 등쳐먹는 수준이겠군."

　정곡을 찔렸는지 한동안 침묵이 흘렀다.

　-……알면 됐군. 그래서 뭐 어쩌라고? 네놈 아니어도 일 맡길 용병은 많다. 파티 맺기 싫다면 썩 꺼져.

　"내가 구울들을 싹 쓸어다 줄 텐데도?"

　-좋을 대로 해라. 우리야 나쁠 것 없지. 정식으로 의뢰를 수주하지 않는 이상은 땡전 한 푼 주지 않아도 되거든. 제국 영토에 있는 구울을 모조리 쓸어버린다고 해도 말씀이야.

　의기양양한 중년 남성의 목소리.

　적시운은 피식 웃었다.

　"일방적인 계약 거부는 불법 아닌가? 강제적인 파티원 중개도 불법이고 말이야."

미네르바를 이용해 시타델의 법규를 검색해 본 결과.

그러나 상대방은 여전히 기세등등했다.

-헤, 그래서? 치안 본부에 꼰지르기라도 하려고? 어디 한번 열심히 해보시지. 그 작자들은 콧방귀도 뀌지 않을 테니.

"뇌물을 꽤나 가져다 바치는 모양이지?"

-그래, 네놈 목구멍에 쑤셔 넣고도 한참 남을 만큼이지.

"그렇더라도 내가 얘기하면 좀 다를걸."

-하! 네깟 놈이 뭐라고?

"1등 시민."

-…….

미묘한 침묵 뒤로 신경질적인 웃음소리가 터져 나왔다.

-하! 그러셔? 나는 사실 오스카 백작이지. 개소리 그만하고 전화 끊어라.

"데이터 전송할 테니 확인해 보시지."

-…….

이번 침묵은 앞선 것들보다 길었다. 그 뒤에 들려온 목소리 또한 분위기 자체가 180도 뒤집힌 상태였다.

-1등 시민씩이나 되는 분께서 왜…… 이런 쓰레기 같은 의뢰를 맡으시려는 겁니까?

"네 알 바는 아니지 않나?"

-그, 그건 그렇지요. 저기, 조금 전에 제가 지껄였던 말들 말입니다

요. 그게…….

"난 아무것도 듣지 못했어."

- 가, 감사합니다! 기회가 된다면 제가 약소한 성의라도…….

적시운은 쓴웃음을 지었다. 상대의 지위가 달라지자마자 손바닥 뒤집듯 바뀌는 반응이라니. 하긴 이쯤 되니까 그 제이콥 토마호크가 미친 듯이 매달렸을 터.

'인간 사냥꾼 노릇까지 하면서 말이지.'

어쩌면 그것이 인간의 본성인지도 모른다. 이는 한국에서도 수차례 보아 왔던 것이기에 딱히 새삼스럽지는 않았다.

"어쨌든 의뢰 건은 해결된 거겠지?"

- 예? 아, 예. 물론입니다. 한데 돈이 필요하신 거라면 이런 지저분한 의뢰보다는 다른 방법들이 나을 텐데요. 원하신다면 제가 괜찮은 자리를 소개해 드릴 수도 있습니다.

"됐어. 이쪽이 편해."

- 예? 하지만…….

"구울 사냥하러 갈 거니까 관련 정보나 보내도록 해."

- 아, 알겠습니다.

그리하여 도착한 장소가 이곳이었다.

목적은 구울 소탕. 구울은 딱히 우두머리라 할 만한 개체가 없었기에 보이는 대로 쓸어버리는 게 답이었다.

그나마 다행인 건 개별 행동보다는 떼로 몰려다니는 걸 선호한다는 점일까.

각각의 개체는 약한 편이나 다수가 모이면 위협적이라는 게 일반적인 평가지만…… 사실 지금의 적시운에겐 워밍업 상대에 지나지 않았다.

"사냥 자체보다도 몸풀기가 목적이니까."

샌드백, 혹은 목인장 대용이랄까. 그래도 살아 움직이니 샌드백보다는 조금 나을 터였다.

적시운의 지상 과제는 천마신공의 수련. 구울과 같은 움직이는 샌드백은 그 상대로 안성맞춤이라 할 수 있었다.

그 외에도 굳이 구울을 택한 이유를 찾자면…….

'화풀이일까.'

적시운은 내심 쓴웃음을 머금었다.

하나뿐인 여동생, 세연이를 습격한 것은 구울들이었다. 적시운은 그 절체절명의 순간에 동생 곁에 있어주지 못했다. 물론 신서울을 습격한 구울들과 이곳의 구울들은 별개의 존재다. 여기 구울들을 쓸어버린다 한들 바뀌는 것은 아무것도 없다.

'하지만…….'

그럼에도 이런 식으로나마 분풀이를 하고 싶은 것이 적시운의 심정이었다.

모든 전투는 가능한 접근전으로, 육체만 가지고서 끝장을 볼 생각이었다.

그래도 혹시 몰라 최소한의 탄약과 총화기는 챙겨 왔다. 어지간한 강적이 나타나는 게 아닌 바에야 쓸 일이 있을지 의문이었지만.

사실 웬만한 총화기보다는 적시운 본인의 육체가 더 위협적인 무기이기도 했다. 맨손으로 기간틱 아머를 박살 낸 전적도 있고 하니 말이다.

"자꾸 이런 생각을 하면 안 되는데."

오만함과 방심은 최악의 적.

이를 마음속으로 되뇐 적시운이 걸음을 옮겼다.

알선소 측에서 전해준 지도에 따르면 이 근방엔 과거에 전철역이 존재했었다. 정확히 어느 도시의 역인지는 알 수 없었지만.

"시타델 자체가 옛 도시를 기반 삼아 만들어진 신도시라는 뜻인데."

여하간 이곳은 최소 수십 년 동안 그대로 방치됐다. 그 과정에서 근방에 폐기장이 생겼고, 갖가지 쓰레기와 악취로 인해 인간은 거의 접근하지 않게 되었다.

"마수들이 숨어들기엔 최적의 환경이란 거지."

구울들 또한 그러할 터. 아마도 전철역을 아지트로 삼고 있지 않을까 싶었다.

"시작은 그곳을 샅샅이 뒤져 보는 것이겠군."

우선적인 목표가 확정됐다.

적시운은 그 외에 머릿속에 담아두어야 할 게 무엇인지 생각해 보았다.

"다른 헌터들이 있을 가능성을 배제해선 안 되겠지."

대화의 말미에서 알선소장은 조심스럽게 말을 꺼냈다.

─어쩌면 다른 쪽 파티가 그곳에 있을지도 모릅니다.

"그게 무슨 소리지?"

─그것이…… 의뢰라는 게 본디 우리 알선소에만 들어오는 게 아니라서 말입지요. 물론 확실히 그렇다는 건 아니고, 그럴 가능성도 있다는 것입니다.

"그러니까, 다른 알선소에서 같은 의뢰를 내걸었을지도 모른다는 건가?"

─예.

"그것도 규정 위반 아닌가? 내가 알기로 한 알선소가 의뢰를 수주하면 나머지는 손을 떼는 게 옳을 텐데."

─규정상으로는 그렇기는 합니다만…….

"실질적으로는 무시한다는 거군. 뭔가 뒤로 챙기는 게 있으니 그럴 테고."

-그, 그렇지요.

적시운은 한숨을 쉬었다.

"염두에 두지."

-헤헤, 좋게 넘어가 주신다면 제가 나중에 잘 대접해 드리겠습니다.

"필요 없어."

적시운은 일언지하에 통신을 끊어버렸다.

'자주 거래할 알선소는 아니야.'

어차피 이번 의뢰의 보상부터가 푼돈. 굳이 매달릴 필요 따위는 없었다. 주요 목적은 어디까지나 천마신공의 수련이니 이에만 집중하면 될 터였다.

적시운은 오래 지나지 않아 역사 앞에 도착했다. 군데군데 무너지고 먼지가 수북이 쌓여 있는 전철역의 입구가 시커먼 아가리를 벌리고 있었다.

"좋아, 그럼."

적시운은 그 안으로 망설임 없이 들어섰다. 예전이라면 들어서기에 앞서 매복의 가능성부터 계산했을 터였다. 그러나 지금은 달랐다. 오감을 비롯한 모든 감지 능력이 비교할 수 없을 만큼 상승했기 때문이다.

습기로 가득 찬 어둠이 적시운을 맞았다.

당연하다면 당연한 일. 이미 수십 년 전에 전기가 끊어졌을 역사 내부에 빛이 있다면 그게 오히려 이상한 일이다.

손전등을 따로 챙겨 오지는 않았지만 딱히 문제 될 건 없었다. 시각을 제외하더라도 그 이상의 감지력이 있었기에.

오히려 어설프게 불을 켜는 것은 안 하느니만 못했다. 이쪽의 위치를 광고하는 꼴이 될 수도 있고, 한정된 빛이 만들어내는 그림자 때문에 착각을 하는 경우도 있기 때문이다. 물론 초감각을 지닌 적시운에겐 해당되는 사항이 없었지만.

'그러면……'

적시운은 성큼성큼 걸음을 옮겼다. 동시에 기감과 염동력 감지망을 펼쳐 주변 상황을 살폈다. 랭크 업을 한 현재의 감지망 범위는 반경 150m. 아마도 세실리아의 범위와 비슷하거나 조금 낮은 수준일 터였다. 이는 적시운의 이능력 제어력이 세실리아보다 뛰어나기 때문. 아마 같은 랭크였다면 적시운의 감지 범위가 그녀를 가볍게 능가할 터였다.

휘이이이.

희미한 바람이 적시운을 스쳐 지나갔다. 그 바람결에 피 냄새가 섞여 있었다. 비릿하지만 부패하지는 않은, 그리 오래되지 않은 듯한 냄새.

인간의 피 냄새였다.

'구울에게 당한 희생자인가.'

폐기장 근방을 서성이다 잡혀 버린 하층민. 혹은 앞서 구울 사냥을 왔다가 당하고 만 헌터일지도 몰랐다.

'이미 죽었을까. 그게 아니면…….'

아직 살아 있을 가능성도 있다. 물론 죽었든 살았든 적시운이 알 바는 아니었다. 하지만 피 냄새가 나는 쪽으로 가 볼 가치는 충분했다.

'그곳에 놈들이 있을 테니.'

적시운은 바람이 불어오는 방향으로 걸음을 옮겼다.

제9장
브레인 이터(Brain Eater)

1

거대한 터널이었다.

바닥에 깔린 철로는 의외로 상태가 양호한 편이었다. 지금 바로 전철을 굴려도 무리가 없을 만큼.

'뭐, 어차피 불가능한 일이지만.'

적시운은 철로 측면의 땅을 밟으며 나아갔다. 감지망 안에 잡히는 건 없었다. 그래도 피 냄새가 조금 선명해지는 것 같기는 했다.

눈 또한 어둠에 어느 정도 적응한 뒤. 빛이 거의 없다시피 한 상태임에도 어느 정도 형태의 식별이 가능했다.

짤랑, 짤랑.

희미한 소리에 적시운은 걸음을 멈췄다. 우선은 호흡을 낮추고 기척을 완전히 없앴다. 이윽고 기감을 정면으로 집중시켰다.

'저건…….'

시체 하나가 터널의 벽면에 상체를 기댄 채 널브러져 있었다. 백골만 남은 목에 군번줄이 덜렁거리는 중이었다. 바람이 불어올 때마다 앞서 들었던 희미한 소리가 났다. 단서가 될 법한 게 있을지도 모른다.

적시운은 급히 그쪽으로 달리려 했다.

—한순간의 방심이 목숨을 앗아갈 수 있어.

"……!"

뇌리를 스치는 한마디가 적시운의 발목을 붙들었다.

적시운이 천마를 향해 뇌까렸던 말. 그 말이 하필 지금 떠오른 이유야 뻔한 것이었다.

'조금 강해졌다고 마음을 놓아서야 안 될 일이지.'

잘난 척 떠들 땐 언제고, 정작 본인이 방심한다면 얼마나 우스운 일이겠는가.

함정의 가능성은 언제나, 그리고 어디에나 존재하는 법이었다. 하물며 싱싱한 피 냄새가 채 가시지 않은 곳이라면 더더욱.

"……."

적시운은 기감과 염동력 감지망을 발휘하여 시체를 살폈다. 목 위가 송두리째 사라진 시체였다.

참수당했거나 머리 전체가 뜯겨 나간 모양. 물어뜯거나 할퀴는 게 전부인 구울에게 당한 것 같지는 않았다.

'구울 이외의 무언가가 있다는 뜻인데.'

느슨하던 신경이 순간 팽팽하게 당겨지는 느낌. 입가에는 자기도 모르게 미소가 걸렸다. 부비트랩은 달리 설치되어 있지 않았다. 하지만 아직 마음을 놓을 단계는 아니었다.

'그렇다면…….'

적시운은 염동력을 발하여 시체를 흔들어 보았다. 시체가 덜컥거리고 군번줄이 딸랑거리는 소리를 낸 순간…….

핏!

시체와 조금 떨어진 위치를 탄환이 스치고 지나갔다.

'저격수?'

소음기가 달린 저격 소총을 지닌 무언가.

인간은 아니다. 적외선 스코프를 지녔다면 모를까, 이런 어둠 속에서 저격을 하는 것은 불가능에 가까웠다.

스코프를 지니고 있다면 적시운의 움직임쯤은 사전에 알

앉을 터. 탄환 또한 맞히진 못하더라도 근처를 스쳐 지나갔어야 정상이다.

한데 정작 탄환은 적시운과 한참 동떨어져 있는 위치를 지나갔다. 저격수라 할 만한 실력은 결코 되지 않았다.

'구울도 아니다.'

마수 중에서도 지성 관련으로는 최하위에 랭크하는 것이 바로 구울이었다. 온몸의 세포가 감염되어 오로지 식욕과 파괴욕밖에 남지 않은 괴물이니 말이다. 총을 다룰 만한 지성을 지녔을 리 만무했다.

'엘리트 이상의 레벨을 지닌 상위 개체라면 혹 모르겠지만.'

어쨌든 당장으로선 정체를 파악하기 어려웠다.

터널은 일방통행.

탄환이 날아든 장소로 가는 길은 하나뿐이었다.

'측면 벽을 부수는 방법도 있기는 하지만……'

효율이 낮은 데다 이쪽 위치를 고스란히 들키게 된다. 안 하느니만 못한 짓이었다.

'그렇다면 답은 하나뿐.'

적시운은 정면으로 걸어갔다. 1차적으로 염동력 배리어를 치고 2차적으로 단전의 내공을 활성화시켰다. 혹여나 탄환에 이능력 무효화 코팅이 되어 있더라도 강화된 육체로 막아낸다는 계산이었다.

마지막으로 천하보의 제1보인 유엽하를 펼쳐 전진해 나아 갔다.

스스스스.

딱딱한 군용 부츠로 철로를 밟는데도 일말의 소음조차 나지 않는다.

위협사격에 가까운 몇 발의 탄환이 마구잡이로 허공을 갈랐지만 어느 것 하나 적시운에게 근접하지 못했다.

감지 수단은 모조리 전방에 집중한 상태.

적시운은 오래 지나지 않아 저격수의 위치까지 근접했다.

플라스틱 의자, 스테인리스 기둥, 철제 문짝⋯⋯.

전철에서 뜯어낸 듯한 잡동사니들이 엄폐물 역할을 하고 있었다. 그 사이사이로 보이는 총구가 여럿.

'여기를 공략하려면?'

챙겨 온 병기는 조촐했다. 저격용 소총 하나와 100발의 7.62㎜ 탄환, 5발의 수류탄이 전부였다.

일반적인 공략법이라면 엄폐물 너머로 수류탄을 던진 후 산개하는 적을 각개격파하는 것이다.

'하지만⋯⋯.'

폭발의 여파로 지하 터널이 무너질 가능성이 있었고, 얼마나 더 있을지 알 수 없는 적을 무더기로 불러들일 가능성이 컸다.

'우선은 조용하고 신속하게.'

마음을 정한 적시운은 곧장 정면으로 쇄도했다.

움찔!

총구 하나가 적시운이 다가드는 방향으로 급히 방향을 틀었다. 뒤늦게 접근을 알아챈 모양. 그러나 적시운은 이미 주먹을 내뻗은 뒤였다.

뻐억!

격산타우의 묘리.

충격파가 엄폐물을 그대로 타고 넘어 반대편의 저격수를 강타했다. 흉골이 부러지는 느낌이 기감을 통해 전해졌다.

'인간이라면 즉사인데.'

핏!

그 일격을 맞은 상태에서 저격수는 방아쇠를 당겼다.

바로 앞에서 발사된 탄환은 적시운의 염동력 배리어에 저지됐다. 이능력 무효화 코팅은 되어 있지 않은 모양.

적시운은 엄폐물을 훌쩍 뛰어넘었다. 저격수의 정체는 대번에 파악할 수 있었다. 본래는 인간이었을, 그러나 더 이상은 인간이라 부를 수 없는 상태.

앞서 보았던 시체와 같은 옷차림이었다. 군용 재킷과 장비로 무장을 한 인간. 그러나 방탄 헬멧 대신 다른 것을 뒤집어쓰고 있었다.

'아니, 그 자리를 차지하고 있다고 해야겠지.'

대충 본다면 기괴한 모자라고 생각할 법한 모양새. 혹은 괴물 가면을 뒤집어썼다고 생각할 수도 있을 듯했다.

그러나 그 실체는 인간의 뇌를 먹어치우고 육체를 조종하는 마수. 브레인 이터(Brain Eater)였다.

놈들의 방식은 실로 단순하다. 배후, 혹은 천장에서부터 급습하여 대뇌를 노리는 방식. 비단 인간뿐 아니라 동물이나 다른 마수 또한 목표가 될 수 있었다.

먹어치우는 것은 오직 대뇌뿐. 물론 그 과정에서 얼굴을 짓이기고 두개골을 박살 내놓는다. 이후에는 배 속에서 나오는 신경관을 숙주의 척수에 꽂아 넣어 육체를 지배하는 것이다.

"키엑!"

브레인 이터가 괴성을 토했다.

적시운은 염동력을 응축시켜 무형의 망치를 만들어 놈을 그대로 후려갈겼다.

퍼퍽!

단번에 터져 나가는 브레인 이터. 머리 없는 숙주가 실 풀린 인형처럼 널브러졌다.

브레인 이터의 자체 전투력은 문자 그대로 벌레 수준. 기습당하지만 않는다면 위협적일 것은 없었다.

'다른 인간들도 먹혔겠지.'

적시운은 빠르게 주변을 감지했다. 엄폐물 뒤에 숨어 있는 저격수 모두가 브레인 이터를 머리에 달고 있었다.

처처처척!

숙주들이 동시다발적으로 적시운을 겨냥했다. 인간조차 흉내 내기 힘들 수준의 일사불란함이었다.

'어딘가에 명령을 내리는 마스터 브레인이 있다는 뜻.'

브레인 이터들은 명령을 수행하는 끄나풀에 불과하다. 필시 어딘가에서 놈들에게 명령을 전달하는 대장 격 존재가 있을 터였다.

드르르륵!

10여 정의 자동소총이 동시에 불을 뿜었다. 저격 소총과 달리 소음기가 달려 있지 않았기에 터널 곳곳으로 굉음이 메아리쳤다.

적시운은 이미 화망 밖으로 피한 뒤.

우선은 가장 가까운 숙주에게 달려들었다. 겨냥된 총구를 왼손으로 쳐서 돌린 다음 흉부를 손등으로 가격했다. 척수를 타고 올라간 내력이 브레인 이터를 풍선처럼 터뜨렸다.

처처처척!

다시금 돌려지는 총구. 적시운은 숙주를 방패 삼아 정면을 막았다.

드르르륵!

쏟아지는 탄환 대부분이 숙주의 몸에 막혔다. 기어코 뚫고 들어오는 것들도 염동력 배리어에 막혔다.

딸칵!

요란한 총성 사이에서도 유독 선명하게 들리는 소리. 그게 무엇인지는 생각할 것도 없었기에 적시운은 숙주를 차 날렸다.

안전핀과 클립이 뽑힌 수류탄이 허공을 날았다. 적시운은 염동력으로 이를 붙든 다음 정반대 방향으로 되돌려 보냈다. 동시에 놈들이 쌓아둔 엄폐물 뒤로 몸을 날렸다.

콰앙!

폭염이 터널 안을 환히 밝혔다. 열풍에 휩쓸린 숙주들이 걸레짝이 되어 흩날렸다.

놈들 중 하나가 놓친 소총을 집어 든 적시운이 재차 감지망을 펼쳤다. 폭발을 피해 살아남은 브레인 이터들이 감지됐다.

"……아냐."

소총을 내던지고는 유엽하의 일보를 밟았다. 열기가 채 사라지지 않은 공간을 단번에 좁혀 들어가 권격을 떨쳤다.

퍼퍼퍽!

리듬감 있게 울려 퍼지는 타격.

경쾌하기까지 한 타격음 뒤로 브레인 이터의 사체 조각들이 벽면을 때렸다.

철퍽!

노란빛 체액과 함께 벽을 미끄러지는 살점.

마지막으로 주변을 체크한 적시운이 사체 중 하나를 살폈다. 하나같이 군번줄을 차고 있기에 정규군인가 했지만, 그렇지는 않은 듯했다. 군번 대신 길드명이 새겨져 있었던 것이다.

'헌터들인가 본데.'

머릿속으로 대강 시나리오가 그려졌다.

일반적인 구울 사냥인 줄 알고 터널 안으로 들어온 파티원들. 그들을 노리고 있던 것은 매복 중인 브레인 이터 무리였다.

'그리고 사이좋게 뇌를 상납했다는 거군.'

헛웃음이 나올 일이었다. 그러니까 알선소 놈들은 제대로 확인조차 하지 않고서 의뢰를 내걸었다는 뜻이 아닌가.

'헌터니 용병이니 해봐야 결국은 소모품이라는 거지.'

앞서 확인한 알선소 놈들의 방식만 보아도 알 수 있는 일이었다. 애초에 이 세계에선 1등 시민 미만은 사람 취급조차 제대로 받지 못하는 듯했으니.

'뭐, 구울보다는 나을지도.'

적시운은 좋게 생각하기로 했다. 기왕 살아 있는 샌드백을 쓸 거라면 조금이라도 난이도 있는 편이 좋았으니까.

적시운은 빠르게 시체들을 수색했다. 소총은 너무 무거우니 내버려 두고 상태가 양호한 탄환과 치료제 위주로 챙긴

다음, 서둘러 자리를 벗어났다.

'여기서 대기 타면서 오는 족족 쓸어버리는 것도 나쁘진 않겠지만⋯⋯.'

잔챙이들만 잡는 걸로는 만족할 수 없었다. 기왕 해치울 거라면 마스터 브레인까지 쓸어버리는 편이 나았다.

'그리고 놈은 이 내부 어딘가에 짱박혀 있을 테지.'

10kg도 나가지 않는 브레인 이터와 달리, 마스터 브레인은 1톤 이상의 무게를 지닌 중형 마수였다.

마수 등급은 트리플 B. 더블 C등급인 브레인 이터와는 상당한 차이가 났다.

육체적으로 강력한 편은 아니었다. 하지만 마스터라는 이름에 걸맞은 강력한 뇌 능력을 지니고 있었다.

우선은 정신 지배. 애초에 브레인 이터부터가 마스터 브레인의 지배를 받는 졸병들이었다. 숙주들이 인간도 흉내 내기 힘든 집단 움직임을 보였던 것도 이 때문.

뇌를 먹어치운 것은 브레인 이터지만 실제적인 조종은 마스터 브레인이 한 셈이다.

'그리고 놈은 내 존재를 파악했다.'

이 경우 선택지는 결국 둘 중 하나다.

침입자를 죽이거나, 달아나 버리거나.

만약 달아나기라도 하면 다른 곳에서 또다시 군락을 형성

할 터. 웬만하면 지금 여기서 해치우는 편이 나았다.

'또 하나 주의할 점이라면……'

이능력을 꼽을 수 있을 터였다.

강력한 대뇌 능력을 지닌 브레인 이터인 만큼 인간과 비슷한 수준의 이능력을 사용하는 것이 가능했다.

그 종류 또한 인간 이능력자와 마찬가지로 여러 가지. 그나마 단점이라면 육체 능력이 거의 전무하다는 정도일 터였다.

예전이라면 이대로 치고 들어가는 것은 보류했을 것이다. 하지만 지금의 적시운은 그때와는 달랐다.

'해볼 만하다.'

단순한 호승심이나 허세가 아니었다. 자신의 능력과 적의 능력을 객관적으로 비교한 후에 내린 결론이었다. 냉철히 계산한 후에 승산이 충분하다면 굳이 피해야 할 이유는 없는 것이다. 하물며 강해져야 하는 적시운의 입장이라면 더더욱.

"좋아, 해보자."

적시운의 얼굴에 결의의 빛이 스쳐 지나갔다.

그는 터널 너머의 어둠을 향해 걸음을 옮겼다.

2

"이해할 수가 없는 놈이군."

조로아스터는 턱을 괸 채 모니터를 노려봤다. 알선소의 등록 페이지였다. 하루 동안 수주된 의뢰들의 목록이 깨알같이 나열되어 있었다.

그중에서도 특히나 눈에 띄는 이름.

"적시운."

의뢰 내용은 문자 그대로 별것 아니었다. 별것 아니다 못해 초라하기까지 했다.

"고작 구울 사냥이라고?"

도시 내의 모든 네트워크에 관리자 권한으로 접속하는 게 가능한 조로아스터였다. 이를 통해 그는 시민 대다수의 행보를 관찰할 수 있었다.

에메랄드 시타델은 데이터 네트워크가 완벽하게 구축된 도시였고, 어지간한 하층민이 아닌 바에는 인터넷을 이용하지 않을 수 없었던 것이다.

적시운에게 따로 미행을 붙이지 않은 이유도 이것 때문. 놈이 무엇을 하든 간에 곧바로 알아챌 수 있을 거라고 조로아스터는 확신했다.

"이런 걸 기대한 건 아니었지만 말이지."

놈은 토마호크 클랜을 멸망시켰다고 했다. 더불어 정밀 검사에서는 무려 트리플 B랭크의 염동술사라는 결과까지 나왔다. 그 정도 능력자라면 토마호크 클랜이 박살 난 것도 이해가 되는 일.

결국 조로아스터는 적시운을 포섭하기로 마음먹었다. 쓸 만한 인재인 데다 배후에 후작가까지 버티고 있다면 부딪치 느니 손을 잡는 편이 나을 거라고 생각한 것이다.

"한데……."

제이콥의 통신망으로 연락할 때는 뭔가 거래라도 할 것처 럼 굴더니 막상 여기 도착해서는 아무런 말도 없었다.

그래 놓고는 택한 것이 구울 사냥 의뢰라니 기가 찰 수밖에.

"뭔가 다른 꿍꿍이라도 있는 것인가? 그게 아니면……."

머리를 싸매고 고민해 봤지만 떠오르는 건 없었다. 조로아 스터는 전에 느끼지 못한 불쾌감에 미간을 찌푸렸다.

"놈에게 미행을 붙일까……?"

네트워크 감시만으로는 부족했다. 놈의 일거수일투족을 샅샅이 알기 위해선 미행을 붙여야 했다.

하지만 이 또한 쉽지 않은 일.

트리플 B 염동술사에게 감지당하지 않고서 미행을 한다 는 건 결코 쉬운 일이 아니었다. 도리어 놈을 자극할 수도 있었다.

"결국 놈이 딜을 걸어오길 기다리는 수밖에 없나."

조로아스터는 자신이 느낀 불쾌감의 정체를 깨달았다. 상황을 마음대로 통제할 수 없는 데에서 오는 압박감, 종잡을 수 없는 상대방으로부터 느껴지는 불안함. 바로 그것들이었다.

"그래 봐야 고작 한 놈일 뿐."

조로아스터는 애써 불쾌감을 지웠다.

그는 대도시 에메랄드 시타델의 경영자. 오스카 백작을 제외하고는 그 누구도 두려워하지 않았다. 그래야만 했다.

"네놈의 의중을 반드시 파악하고 말 것이다."

모니터를 노려보며 중얼거리는 조로아스터였다.

"아침 댓바람부터 대체 어딜 간 거야?"

적시운의 숙소 앞에서 헨리에타는 투덜거렸다. 양손에 든 비닐봉지엔 음식 재료가 수북했다. 대충 들고 다니다가 찢어지지 않을까 싶을 정도였다.

"간만에 실력 좀 발휘하려 했더니……."

그녀는 우울한 눈으로 비닐봉지를 내려다봤다. 2인분 기준으로도 꽤나 넉넉하게 산 것이 후회됐다.

세인트 로드로의 귀환까진 앞으로 이틀. 그 전까진 어떻게든 적시운의 대답을 듣고 싶었다.

물론 예상대로 적시운은 지난 며칠간 전화는커녕 문자 한

번 보내오지 않았다. 그 속내가 무엇인지야 헨리에타 또한 알고 있었다.

'거절이란 거겠지.'

그래도 최후의 시도 정도는 해볼 수 있지 않을까 싶었다. 그것마저도 실패한다면 그건 정말 어쩔 수 없는 일. 그렇게 생각하고 깔끔하게 단념할 생각이었다.

그런데…….

"시도 정도는 하게 해줘도 되잖아!"

그녀는 투덜거리며 비닐봉지를 내려놓았다. 마음 같아선 휙 내던지고 싶었는데 봉지가 터질까 봐 그러지는 못했다.

"안에 있는데 없는 척하는 거 아냐?"

혹시나 하여 초인종을 연달아 눌러보았다. 반응이 없자 폴짝폴짝 뛰어 벽 너머로 숙소를 살폈다. 겨우 보이는 베란다 내부는 컴컴했다. 인기척이 있는 것 같지는 않았다.

"지금 뭘 하고 있는 거지?"

푸른 제복을 갖춰 입은 장정들이 헨리에타에게 다가왔다. 시타델의 치안 유지 부대, 속칭 경비병들이었다.

"신분증을 제시하시오."

"이상한 사람 아니거든요?"

그녀는 신경질적으로 길드 라이선스를 꺼내서는 들이밀었다. 세 개의 머리를 지닌 엽견, 케르베로스의 문양을 본 경비

병들의 태도가 누그러졌다.

"케르베로스 길드 소속이시군요. 실례했습니다."

"한데 이 숙소에는 무슨 용무이신지?"

"사람을 찾아왔는데 없는 모양이네요. 혹시 여기 주인 어디 갔는지 알아요?"

"그건 저희도 잘……."

"됐어요. 그럼."

헨리에타는 비닐봉지를 집어 들고는 서둘러 걸음을 옮겼다. 적시운이 돌아올 때까지 기다리는 것은 바보짓일 터였다. 보아하니 숙소에는 거의 붙어 있지도 않는 모양이었으니까.

'조로아스터에게 부탁해 봐?'

제법 그럴싸한 생각.

그러나 헨리에타는 이내 고개를 저었다. 에스텔이라도 나서지 않는 이상, 부탁해 봐야 별 소용이 없을 것이 분명했다.

그리고 에스텔은 당분간 시간을 내기 힘든 상황. 그녀는 케르베로스 길드의 일원이기 이전에 라트린 후작가의 일원이었다. 그리고 후작가와 연을 맺고자 하는 귀족들이 넘쳐 나는 게 바로 이곳. 매일같이 연회에 불려가 마음에도 없는 잡담을 나누며 가면 같은 웃음을 흘려야 했다.

'아가씨도 어찌 보면 불쌍하단 말이야.'

거절한다면 후작가의 위신에 흠이 간다. 그렇기에 그녀는 반강제적으로 연회에 참석할 수밖에 없다.

애초에 후작이 그녀를 길드에 소속시킨 이유도 이것, 대륙 곳곳을 오가며 인맥을 구축하라는 것이었고 말이다.

결국 에스텔을 통하는 방법도 포기할 수밖에 없었다.

'그렇다면…… 그 남자가 갈 만한 곳을 추리해 볼까?'

걸음을 멈춘 헨리에타가 한참을 끙끙거렸다. 그러나 딱히 뇌리에 떠오르는 장소는 없었다. 생각해 보면 그녀는 적시운에 대해 아는 게 거의 없다시피 했던 것이다.

무엇을 좋아하는지, 목적이 무엇인지, 심지어는 어디 출신인지조차.

"하아."

헨리에타는 땅이 꺼져라 한숨을 내쉬었다.

딱히 방도가 없으니 결국 포기해야겠구나 싶었다. 그녀의 통신기가 울린 것은 바로 그때였다.

─공대장님, 계십니까?

사무원의 음성이었다. 어지간해선 먼저 연락을 하지 않는 사람이었기에 헨리에타는 긴장했다.

"무슨 일이야? 아가씨한테 무슨 문제라도 생겼어?"

─아뇨, 그건 아닙니다.

"뭐야, 깜짝 놀랐잖아. 웬일로 당신이 연락을 다 했데?"

─그린베레 길드에 대해 아십니까?

"그린베레?"

예상치 못한 이름에 헨리에타는 잠시 침묵했다.

"그…… 무슨 정규군이라도 되는 것처럼 입고 다니는 녀석들 말이지? 호칭도 병장이 어쩌고 하사가 어쩌고 하는 놈들."

─예, 그린베레 길드와 우리 길드는 동맹 관계입니다.

"동맹쯤이야 차고 넘치는 게 우리 길드잖아. 그런데?"

─그린베레 길드에서 우리 측에 지원 요청을 해왔습니다.

"지원 요청이라니? 대형 마수라도 사냥한대?"

─그린베레 측 길드원들이 여기에 와 있습니다. 직접 오셔서 말씀을 듣는 편이 나을 것 같습니다만.

"알았어. 바로 갈게."

헨리에타는 곧바로 길드 숙소로 돌아갔다.

과연 카키색 군복을 차려 입은 길드원들이 기다리고 있었다. 픽셀 패턴의 얼룩무늬가 '나 군인이요' 하고 소리치는 것만 같았다.

그쪽 역시 멍한 얼굴로 헨리에타를 바라보고 있었다. 정확히는 그녀의 양손에 들린 비닐봉지를.

"아."

헨리에타는 비닐봉지를 대강 바닥에 내려놓았다.

"케르베로스 길드 소속 제3공격대장인 헨리에타예요."

척!

엄격한 얼굴의 중년 남성이 한 발짝 앞으로 나섰다. 중사 계급장을 가슴에 달고 있는 사내였다.

"그린베레 제3부소대장인 하트먼 중사요."

"만나서 반갑네요. 그런데…… 저를 만나고자 하신 이유가?"

"귀 길드에 증원군을 요청하기 위해서 찾아왔소."

"그런가요."

헨리에타는 난감함을 느꼈다.

현재 공대원들은 휴가를 즐기는 중. 이 와중에 추가 임무를 내린답시고 불러들였다간 원성만 들을 터였다.

'어지간한 수당 가지고는 콧방귀도 뀌지 않을 텐데.'

케르베로스 길드는 기본급도 높은 편이고, 이번 그레이트 샌드웜 사냥으로 얻게 된 수당도 상당했다. 배가 부를 만큼 부른 길드원들이 웬만한 일에 움직이려 들 리가 없었다.

물론 지위발로 눌러 버리면 되기야 하겠지만, 문제는 그녀의 입지가 아직 탄탄하지 않다는 것이었다. 임무를 강제로 부여해 봐야 역효과만 날 터다.

'역시 거절해야겠지?'

동맹 길드라고는 해서 뭐든 들어줄 수 있는 것은 아니다. 상황과 사정이란 게 있는 법이니, 적당히 둘러대면 그만이었다. 물론 얘기 정도는 들어주는 게 예의일 테지만.

"무슨 일이 있었던 건가요? 대형 마수라도 사냥했던 거예요?"

"그렇지는 않소. 간단한 구울 사냥이었지. 병사들 또한 용돈이나 벌자는 생각으로 의뢰를 받아들였고."

"그런데 뭔가 문제라도……?"

"임무에 투입된 병사들이 행방불명되었소. 그리고 어제가 되어서야 그들이 남긴 메시지가 입수되었소."

통신 상태가 불량한 위치, 혹은 전파 방해 등이 있을 경우엔 메시지가 늦어지는 경우가 허다했다.

"그 내용이 뭐였죠?"

하트먼 상사의 얼굴이 분노로 일그러졌다.

"그들을 맞이한 것은 구울 따위가 아니었소. 빌어먹을 알선소 놈들이 제대로 알아보지도 않고서 일을 맡긴 거요."

"대체 무엇과 조우한 거죠?"

"브레인 이터. 메시지를 남긴 병사의 말로는 그러했소."

"브레인 이터라면……!"

급습을 통해 인간의 뇌를 파먹고 육체를 숙주화해 버리는 마수. 개별적인 전투력은 형편없지만 환경과 상황에 따라 상급 마수보다도 두려운 존재로 화하는 놈들이었다.

"피해는 심각한가요?"

"그렇소. 2소대 전원이 투입되었지. 빠르게 격멸한 후 복귀하자는 계산이었는데, 그게 거꾸로 화가 된 듯하오."

"저기…… 그렇게 말씀하시면 정확히 몇 명인지 모르겠어서요."

"음, 실례했소. 우리 길드의 소대는 20인으로 구성되어 있소."

"무장 상태는요?"

"소총수 18명에 저격수가 2명이오. 전원 단독군장을 했소."

잘은 몰라도 탄환과 무기를 많이 챙겼다는 뜻인 듯했다.

'만약 그들 모두가 브레인 이터에게 당했다면……'

20명의 중무장한 병사를 상대해야 할 판이었다.

'파티를 제대로 구성하고 간다면야 위협적이진 않겠지만.'

문제는 그 파티 구성이 어렵다는 점.

헨리에타는 혹시나 하여 하트먼 중사에게 물었다.

"정말 죄송하지만, 혹시 착수금을 얼마나 지불하실 수 있는지 여쭤봐도 될까요?"

하트먼 중사의 얼굴에 그림자가 드리웠다.

"창피한 얘기지만, 그리 많은 돈을 지불하기는 어려울 것 같소."

하긴 길드의 자금이 넉넉했다면 구울 사냥 따위의 헐값 의뢰를 수행하지도 않았을 것이다.

'이들에겐 미안하지만 역시 거절해야겠어.'

케르베로스 길드원들은 쉽게 말해 비싼 몸이었다. 어지간한 가격 앞에서도 까딱하지 않는데, 궁핍한 길드의 착수금 따위에 마음이 동할 리가 없었다.

"더불어 우리 길드원 외에도 동일한 의뢰를 맡은 헌터가 있더군."

"그런가요."

헨리에타는 반쯤 건성으로 대꾸했다. 그러나 이어지는 말에 정신이 번쩍 들 수밖에 없었다.

"특이하게도 1등 시민증을 지닌 사내였다더군."

"……정말이에요?"

"그렇소. 아마 그자 또한 위기에 빠졌을 테니, 구해내기만 한다면 상당한 보상을 기대할 수 있을 거요."

하트먼 중사도 바보는 아닌바, 자신들이 지불하는 대금만으로 케르베로스가 움직이리라고는 생각지 않았다. 그래서 나름 승부수라고 가져온 것이 이 1등 시민 얘기였는데, 과연 헨리에타의 두 눈이 미친 듯이 반짝이고 있었다.

중사의 의도와는 조금 다른 의미였지만.

'그 남자, 적시운이 분명해!'

3

타다다닥!

네 다리로 땅을 차내며 적시운에게 쇄도하는 것은 시커먼 들개들. 아마도 도베르만 변종인 듯했다. 그것들은 하나같이 머리에 브레인 이터를 종양처럼 달고 있었다. 이곳을 보금자리 삼다가 그대로 먹혀 버린 모양이었다.

턱!

아가리를 쩍 벌리며 몸을 날리는 들개 숙주.

적시운은 침착하게 상체를 비틀며 권격을 날렸다.

퍼억!

호박처럼 깨져 나가는 브레인 이터.

졸지에 머리를 잃은 들개의 몸통이 땅을 굴렀다. 벽면으로 튄 진득한 체액이 페인트처럼 흘러내렸다.

적시운은 배리어를 쳐서 체액이 몸에 닿는 것을 차단해 두었다. 독성이 있는 건 아니지만 균에 감염될 위험이 있었기 때문이다.

'뭐, 웬만한 건 면역이겠지만.'

으르렁거리며 달려드는 들개들.

적시운은 감각에 몸을 맡긴 채 침착하게 브레인 이터들을 터뜨려 나갔다. 공격 시엔 일부러 머리 부분, 즉 브레인 이터만을 노렸다. 이 또한 일종의 수행이라 생각하여 나름대로 제약을 둔 것이다.

공격 수단은 오직 권격뿐. 총화기는 물론이고 두 다리도 걷는 것 외에는 사용하지 않았다.

마스터 브레인 또한 그 사실을 눈치챘는지, 되도록 양팔의 사각을 노리려 했다.

예컨대 지금처럼.

정면으로 몸을 날리는 들개 하나. 그러나 그것은 미끼일 뿐, 실질적인 공격은 후방에서 아킬레스건을 노리는 두 마리였다.

'눈앞의 놈은 탱커고, 뒤의 두 놈이 대미지 딜러라는 거지.'

사냥꾼에서 사냥감이 된 입장.

물론 사냥당한다는 기분은 조금도 들지 않았다. 그것이야 말로 강자의 권리일 터였다. 무엇도 두려워하지 않으며, 그저 오연할 수 있는.

"똥개 몇 마리 상대하면서 잘난 척하는 것도 우습지만."

적시운은 농담조로 중얼거리며 바닥을 찼다. 삽시간에 위로 솟구치며 들개의 턱을 후렸다. 머리통이 터지는 동시에 팽그르르 회전하며 튕겨 나가는 들개.

졸지에 목표를 놓친 두 마리가 적시운을 따라 도약했다. 허공에서 신형을 반전한 적시운이 그대로 천장을 찼고, 그 반동으로 아래쪽으로 돌진하며 양팔을 좌우로 뻗었다.

퍼퍽!

정확히 머리를 가격당한 들개들이 회전하며 튕겨 나갔다.

"여기는 이걸로 끝인가."

들개들의 사체 사이에서 적시운은 손을 탁탁 털었다.

숙주가 된 병사들 다음은 들개들이었다. 전투력 자체야 중무장한 병사들이 우위일 테지만, 사실 맨몸으로 싸우기엔 들개 쪽이 조금 더 까다로웠다. 말 그대로 '조금 더'에 불과하긴 했지만.

"어쨌거나……."

적시운은 기감을 확장하고는 픽 웃었다.

"날래기도 하지."

조금 전까지 감지되던 마스터 브레인의 기운이 사라졌다. 들개들을 미끼로 던져 놓고서는 홀랑 내뺀 것이다. 어느 정도는 적시운의 의도한 바이기도 했다. 기왕 사냥하는 김에 이곳을 싹 쓸어버리기로 결심했던 것이다.

마스터 브레인을 압박하며 천천히 나아간다. 위기감을 느낀 마스터 브레인은 졸병인 브레인 이터와 숙주들을 모조리 들이부을 수밖에 없다. 그러지 않으면 본체가 박살 나고 말테니.

"그리고 나는 오는 족족 아작 내면 된다는 거지."

구석구석 샅샅이 뒤지는 것보단 편리한 방법이었다.

마스터 브레인을 뒤쫓는 것쯤은 일도 아니었다. 몸놀림이 제법 날래다고는 하나 몸무게만 1톤이 넘는 중형 마수. 조심스럽게 이동을 한다 해도 흔적을 남길 수밖에 없다.

유의 사항이라면 놈이 철로를 통해 달아나 버리는 것인데, 천장이라도 붕괴됐는지 다른 역과 연결되는 철로는 모조리 봉쇄되어 있었다.

결국 이곳은 밀폐된 공간이라는 것. 빠져나갈 길은 없었다.

"슬슬 끝을 내야겠는데."

얼추 계산해 봐도 수십 마리를 때려잡은 것 같았다. 숙주가 된 인간만 족히 스무 명은 되었고, 들개는 그 두 배쯤 되었다. 혹여나 생존자가 있을까 찾아봤으나 하나도 발견하지 못했다. 군복을 차려입은 무리는 전멸한 모양이었다.

안쓰러운 일이지만 별수 있겠는가.

적시운은 감각을 확장한 채 걸음 속도를 높였다. 유엽하를 펼치는 그의 신형이 바람처럼 어둠을 관통했다.

마스터 브레인은 패닉에 빠졌다. 전에 없는 위기가 인간에 필적하는 지성을 지닌 중형 마수를 공포로 몰아넣었다.

놈은 이 사냥을 즐기고 있다!

이 역사에 자리를 잡은 이래 내내 사냥꾼의 입장이었던 마스터 브레인이 이제는 거꾸로 쫓기는 입장이 된 것이다.

100마리가 넘는 브레인 이터의 반 이상이 쓸려 나갔다. 1시간도 채 안 되는 짧은 시간 동안!

숙주들은 사실상 전멸 상태. 기껏 남은 것이라 해봐야 정찰용 고양이 몇 마리였다.

도망칠 길은 없다. 안으로 들어서는 먹잇감들을 효율적으로 잡고자 출구를 모조리 틀어막은 게 역효과를 불러일으킨 셈이다.

그렇다면 남은 방법은?

마스터 브레인은 필사적으로 머리를 굴렸다. 지금 당장에라도 바로 뒤에서 놈이 나타날지 모른다는 공포 속에서.

쿠구구구.

급하게 이동 중인 1톤의 몸뚱이가 연신 끙음을 냈다. 이래서야 삽시간에 추격당하고 말 터. 그러나 그런 세세한 것까지 생각할 여유가 마스터 브레인에겐 없었다.

그때 입구 쪽에 뿌려놓은 브레인 이터가 새로운 정보를 전달해 왔다. 소수의 인간이 역 안에 들어선 것이다.

어쩌면 이것은 기회일지도 몰랐다. 썩은 동아줄인지 아닌지는 알 수 없으나, 일단은 움켜쥐고 볼 일. 마스터 브레인은 황급히 방향을 틀어 역사의 입구 쪽으로 향했다. 동시에 곳곳에 남아 있는 브레인 이터를 모조리 불러들였다.

달칵.

플래시 라이트가 전방을 비췄다. 퀴퀴하게 먼지가 내려앉은 전철역의 내부가 침입자들을 환영했다.

"어디서 브레인 이터가 튀어나올지 모른다. 충분히 주의하고서 전진하도록."

하트먼 중사의 말을 따라 자동소총으로 무장한 군인들이 대오를 갖춰 전진했다. 그린베레 길드의 길드원들이었다. 모양새로 보나 행동으로 보나 길드원보다는 군인이란 단어가 훨씬 어울렸지만.

그 뒤를 따르는 것은 헨리에타를 비롯한 케르베로스 공대원들. 숫자는 많지 않았다. 예상대로 거의 대부분의 공대원이 지원 요청을 거절했던 것이다.

강제 집합 명령을 내릴 수도 있었지만, 그랬다간 향후의 공대장 생활에 암운이 드리울 것이다. 다행히 비교적 친한 편인 세 길드원이 지원 요청에 응해주었다.

"이번 일 끝나면 한턱 거하게 쏘는 거다?"

서브 탱커인 밀리아가 말했다. 게르만계 특유의 금발 벽안인 그녀는 신체 강화 이능력자인 버서커(Berserker). 주요 임무는 메인 탱커인 기간틱 아머들이 놓친 공격으로부터 딜러들을 보호하는 것이었다.

헨리에타와는 수차례의 사선을 함께 넘나들었던 막역지우. 헨리에타도 다른 사람들은 몰라도 그녀만큼은 집합에 응해줄 거라 생각했었다.

'나머지 두 사람이 좀 의외지만.'

한 명은 서포터인 그렉. 평소에 몇 마디 나눠보지 못한 사이인지라 헨리에타는 내심 놀랐다.

"할 일이 딱히 없어서."

요청에 응한 이유에 대한 그렉의 설명이었다.

마지막 한 사람은 아프리카계 여성인 아티샤. 헨리에타와 같은 원거리 대미지 딜러였다.

"새 공대장님한테 미리미리 점수 따둬야죠."

2미터에 달하는 육체와는 어울리지 않는 순박한 미소로 대답하는 그녀였다. 웬만한 성인 남성도 들고 다니기 버겁겠다 싶은 큼직한 미니건이 그녀의 어깨에 걸려 있었다. 그것도 한 정이 아닌 두 정이.

"흥, 저쯤은 나도 들 수 있어."

아티샤를 볼 때마다 밀리아는 코웃음을 치고는 했다. 실제로 그녀의 말은 사실이기도 했고.

중요한 점은 아티샤가 밀리아와 달리 이능력자가 아니란 점이었다.

"그럼 무슨 생체 돌연변이 비슷한 거 아냐? 유전자 조작으로 그런 놈들을 만들 수 있다잖아."

입 싼 길드원 하나가 그런 소리를 지껄인 적이 있었다. 그 직후에 아티샤에게 번쩍 들려 쓰레기통에 처박히긴 했지만.

어쨌든 같은 원거리 딜러 포지션임에도 두 사람은 많은 면에서 달랐다. 헨리에타가 정밀한 조준으로 치명타를 꽂아 넣는 방식이라면, 아티샤는 일단 맞을 때까지 무작정 갈기고 보는 식이었다.

"어쩌다 보니 그럴싸한 파티가 완성됐는걸."

헨리에타의 말에 밀리아가 픽 웃었다.

"그렇긴 하네. 탱커 한 명에 딜러 둘, 힐러 하나이니."

"난 힐러가 아니라 서포터다."

"너 외과의 자격증 있잖아, 그렉."

"그래 봐야 봉합하고 약 바르는 정도지. 마수를 상대로 연고 바르고 붕대 감는 게 무슨 의미가 있지? 한 대만 스쳐도 목이 떨어져 나가는데."

"훗, 난 그 정도만으로도 충분하걸랑."

"그건 네가 괴물이라 그렇지."

"이걸 콱 브레인 이터 먹이로 던져 줘?"

"둘 다 잡담 좀 그만해."

헨리에타의 말에 두 사람은 입을 다물었다. 그녀는 창피함에 얼굴을 붉히며 하트먼 중사를 돌아봤다.

"죄송하게 됐어요, 하트먼 부공대장님."

"부소대장이라 불러주시오. 어쨌든 케르베로스 길드의 지원에 감사를 표하오."

말은 그렇게 해도 마냥 기쁘진 않은 얼굴이었다. 하기야 지원이라 해봐야 고작 사람 넷이 전부인데 마뜩잖을 수밖에.

"우리 네 사람이 어지간한 길드 하나보다 나을 거예요."

헨리에타가 못 박듯이 말했다. 하트먼 중사도 그 말뜻을 알아채고는 묵례를 했다.

"실례했소. 귀하와 동료들을 폄하하려는 건 아니었소."

"아니에요. 제가 과민반응 한 것 같네요."

그들의 우선 목표는 생존자 수색 및 구출.

되도록 전투는 피할 생각이었다. 앞서 호언장담하듯 말하긴 했지만, 역시 이 숫자만으로 브레인 이터 무리를 상대하기는 껄끄러웠다.

'아니, 브레인 이터뿐만이라면 괜찮겠지만……'

진짜 문제는 마스터 브레인.

브레인 이터의 지배자라는 점을 차치하더라도 놈이 사용하는 이능력은 충분히 위협적이었다. BBB랭크의 마수 등급은 포커 쳐서 따낸 게 아닌 것이다.

"뭐, 괜찮겠지."

"뭐가 말인가요, 공대장님?"

아티샤의 질문에 헨리에타는 어깨를 으쓱였다.

"마스터 브레인 말이야. 웬만해선 전면에 나서려 하지 않잖아. 되도록 조우하고 싶지 않거든."

"간교한 놈이라서 그래. 마수답지 않게."

밀리아가 팔짱을 끼고서 말했다.

"몇 번 잡아보긴 했는데, 그때마다 고생 겁나게 했어."

"놈이 그만큼 강한가요?"

"강하기도 하지만, 놈들은 사람 농락하는 걸 즐기거든. 그래서 꼭 이런 미로 같은 곳에 자리를 잡지."

"그런 다음 먹잇감을 끌어들이는 거군요."

"그래, 브레인 이터를 풀어 먹잇감을 급습하는 동안 정작 자기는 뒤에 숨어서 지켜보기만 하는 거지. 재수 없는 놈들이야."

쿠르르르.

정거장으로 내려가는 계단 너머에서 기괴한 소리가 들려왔다. 묵직한 무언가가 땅을 긁으며 이동하는 듯한⋯⋯.

"뭐지?"

타앗!

어둠 속에서 별안간 무언가가 튀어 올랐다. 그러고는 선봉에서 전진하던 군인의 얼굴을 뒤덮었다.

"허억!"

드르르륵!

반사적으로 발사된 탄환이 사방으로 튀었다. 바로 옆에 있던 군인이 오발탄을 맞고는 땅을 뒹굴었다.

"크악!"

"으아아!"

당혹감 속에 플래시 라이트가 이곳저곳을 비추며 시야를 어지럽혔다.

"브레인 이터다!"

"당황하지 말고 침착해라!"

하트먼 중사가 고래고래 소리를 쳤다. 어지러이 휘둘리던 플래시 라이트가 천장을 비췄다. 누런빛의 무언가가 따개비처럼 그곳에 달라붙어 있었다.

브레인 이터들이었다.

"놈들이 떨어진다!"

브레인 이터들이 낙엽처럼 우수수 떨어져 내렸다.

하필이면 그린베레 길드원들의 머리 위. 군인들은 삽시간에 급습에 노출됐다.

"개자식들!"

큼직한 대검을 든 밀리아가 전방으로 튀어 나갔다. 특수

합금으로 주조된 클레이모어가 깔끔한 궤적을 그리며 브레인 이터를 양단했다.

"공대장님, 명령을!"

"대기해!"

아티샤에게 명령한 헨리에타가 라이플을 조준했다. 피아가 뒤엉킨 가운데 미니건을 갈겼다간 대참사가 벌어질 터였다.

타앙!

흔들리는 빛과 그림자 때문에 시야가 어지러웠다. 그런 가운데에서도 그녀는 정확한 조준으로 브레인 이터 하나를 꿰뚫었다. 그럼에도 만족감은 들지 않았다. 오직 한 가지 상념만이 그녀의 머릿속에 가득 채우고 있을 따름이었다.

'적시운, 당신. 놈들에게 당해 버리기라도 한 거야?'

4

브레인 이터의 숫자는 대략 30마리. 그린베레 길드원이 스물에 헨리에타 일행이 네 명이니, 머릿수는 얼추 비슷하다고 볼 수 있었다. 그 사실이 전혀 위안이 되지 않는 상황이란 게 문제였지만.

"크악!"

"아아아악!"

곳곳에서 터져 나오는 비명. 사방에서 흔들리는 플래시 라이트가 시야를 어지럽혔다. 그런 가운데, 브레인 이터에게 얼굴을 물린 군인이 양팔을 휘두르며 비틀거렸다. 브레인 이터는 군인의 콧등에 우악스럽게 이빨을 박아넣었다. 그러고는 그대로 뜯어 삼켰다.

취이익!

무시무시한 기세로 쏟아지는 피. 비릿한 혈향이 자욱하게 깔렸다.

하트먼 중사는 바로 옆의 군인에게 윽박질렀다.

"쏴! 어서 갈기란 말이다!"

"하, 하지만……!"

그대로 쐈다간 동료의 얼굴도 곤죽이 된다. 그렇게 생각하니 방아쇠를 당길 엄두가 나지 않았다.

"머저리 새끼! 지금 갈기지 않으면 네놈이……!"

탕!

가슴을 꿰뚫린 군인의 몸이 푹 고꾸라졌다. 숙주가 되어버린 군인의 총구에서 가느다란 포연이 흘러나왔다.

"빌어먹을!"

하트먼 중사는 숙주가 된 옛 부하에게 총구를 돌렸다. 하지만 그 순간 우측에서 또 다른 브레인 이터가 달려들었다.

"큭!"

총몸을 방패 삼아 얼굴이 뜯기는 것을 간신히 막았다. 쫙 벌어진 브레인 이터의 아가리에서 걸쭉한 타액이 뚝뚝 흘러 내렸다. 타액이 떨어진 중사의 뺨이 치이익 녹아내렸다.

"크으으윽!"

뻑!

합금제 장화의 발끝이 브레인 이터를 차 날렸다. 간신히 양팔이 자유로워진 하트먼 중사가 급히 장갑으로 타액을 훔 쳤다.

"이봐, 괜찮아?"

밀리아였다. 그녀는 재차 달려들려는 브레인 이터를 그대로 짓밟아 터뜨렸다.

"고, 고맙군."

"떠들 기력이 있으면 일어나 싸워!"

콱!

거칠게 독려하는 그녀의 어깨를 브레인 이터가 물어뜯었다. 브레인 이터식 합동 공격의 일환. 하나가 사지를 물어 움직임을 제한시키고 다른 하나가 머리를 노리는 전략이었다.

과연 다른 한 마리가 배후에서부터 그녀의 머리로 날아들었다.

"칫!"

그녀는 어깨에 브레인 이터를 매단 채 땅을 굴렀다. 머리를 노리던 놈은 애꿎은 허공만 날았다.

탕!

헨리에타가 일점사로 놈을 쏘아 맞혔다.

"밀리아! 괜찮아?"

"걱정 마셔."

태연히 대꾸하는 밀리아였으나 브레인 이터를 붙잡은 채 고민할 수밖에 없었다.

'억지로 뜯어내려 하면 살점까지 뭉텅 뜯겨 나간다. 그렇다면?'

밀리아는 오래 고민하지 않았다. 어깨를 물고 있는 녀석을 거칠게 움켜쥐어 터뜨렸다.

치이이익!

산성 체액이 그녀의 어깨를 반쯤 녹여 버렸다. 그래도 살점이 뜯기진 않아 출혈을 방지할 수 있었다.

"윽……."

이를 악문 채 참아내는 밀리아. 그녀의 얼굴이 땀으로 흥건해졌다.

"그렉! 그녀를 맡아줘. 아티샤! 밀리아가 회복할 때까지 보호해 줘!"

"음."

"알겠습니다, 공대장!"

2미터의 거구가 밀리아의 방패가 되었다. 그녀는 두 정의 미니건을 방망이처럼 휘둘러 쇄도하는 브레인 이터들을 날려 버렸다.

그렉은 장갑을 벗고서 녹아내린 밀리아의 어깨에 손을 대었다.

"세포 활동을 촉진시키겠다. 조금 피로감이 느껴질 수 있다."

"알았으니까 빨리 해!"

싱글 B랭크 변환술사(Converter)인 그렉이 능력을 개방했다. 원체 초인적인 버서커의 재생 능력이 그의 지원을 받아 폭발적으로 상승했다.

삽시간에 원형을 되찾은 어깨. 더블 B랭크 버서커인 밀리아는 그렉의 가슴을 퉁 치며 일어섰다.

"감사. 나중에 술 한번 살게."

"음주는 하지 않는다."

"아, 그래. 그럼 어린이 버거 세트로 퉁치지 뭐."

그렉은 가타부타 말없이 물러났다.

전방을 응시하던 아티샤가 소리쳤다.

"뭔가가 옵니다, 공대장!"

쿠구구구!

요란한 소리를 내며 다가오는 거체. 안력에 집중한 밀리아가 무거운 침음을 흘렸다.

"젠장, 벌써부터 대장이 나타날 건 뭐람."

8개의 불빛이 어둠 너머에서 일렁였다. 마스터 브레인의 눈알들이 발하는 빛이었다.

콰드득!

찌그러진 음료 자판기가 날아들었다.

"어딜!"

밀리아가 곧장 앞으로 치달으며 검격을 떨쳤다.

쩍!

깔끔하게 양단되는 자판기. 밀리아는 그 기세를 몰아 그대로 마스터 브레인을 향해 돌진했다.

'물러날 수 없다면 속전속결로!'

놈이 지닌 이능력이 무엇인지는 몰라도 펼치기 전에 끝장을 내는 게 최선이었다.

마수 랭크와 몸 크기에 비해 육체 능력이 떨어지는 마스터 브레인이니, 닥치고 돌격하는 것은 그리 나쁜 선택이 아니기도 했다.

"뒈져!"

삽시간에 거리를 좁힌 밀리아가 클레이모어를 크게 휘둘렀다. 아니, 휘두르려 했다.

드르르륵!

별안간 터져 나온 총성. 밀리아는 등허리를 데인 듯한 고통에 헛숨을 삼켰다.

"큭……!"

검을 휘두르기 버거운 수준의 격통.

그녀는 간신히 방향을 틀어 엄폐물 뒤로 숨었다. 후방에서 그녀를 쏴 갈긴 군인이 동료들 쪽으로 총구를 돌렸다. 방탄 헬멧 대신 브레인 이터가 머리 위에서 반질거렸다.

헨리에타가 재빨리 브레인 이터를 쏴 죽이고는 소리쳤다.

"밀리아! 괜찮아?"

"당장 죽을 것 같진 않아."

밀리아는 흡 하고 힘을 주었다. 등허리에 틀어박힌 탄환들이 스르륵 빠져나왔다. 조금씩 아물기 시작하는 상처. 육체 강화 능력자 버서커 특유의 재생력이 발휘되고 있었다. 기실 보통 인간이었다면 조금 전의 사격에 허리가 끊어졌을 것이다.

'1분만 있어도 완치되겠지만…….'

쿠구구구.

바로 앞으로 다가서는 8개의 불빛. 밀리아는 이를 악물고 일어서는 동시에 클레이모어를 뻗었다.

"죽어!"

궤적을 그리던 칼날이 허공에서 정지했다. 강력한 반탄력이 검과 그녀를 동시에 밀어내고 있었다.

"제길!"

하필이면 염동력을 지닌 마스터 브레인이라니.

밀리아는 낭패감에 이를 악물었다.

강풍과도 같은 힘이 그녀를 강타했다. 밀리아의 몸이 수 미터를 날아가 벽에 처박혔다. 그것도 하필 철근이 튀어나와 있는 위치에.

"크윽!"

그녀가 기어코 핏물을 토했다. 복부를 뚫고 나온 철근 끝에도 진득한 핏방울이 아롱졌다.

연이어 염동력의 충격파가 그녀를 덮쳤다.

콰드드득!

밀리아는 피투성이가 되어 벽면에 반쯤 파묻혔다. 버서커의 재생력으로도 도저히 버티기 어려운 강격이었다.

"젠장……."

나직이 중얼거린 그녀의 고개가 풀썩 꺾였다.

"악귀!"

분노한 아티샤가 마스터 브레인을 겨냥했다. 한 손만으로도 발사가 가능하게 개조된 더블 미니건의 총열이 무시무시한 기세로 회전했다.

부아아아앙!

폭우처럼 쏟아지는 탄환들. 총열이 쏟아내는 불꽃으로 인해 순간적으로 주변이 환해졌다. 덕분에 마스터 브레인의 형체와 위치를 확인할 수 있었다.

아티샤는 물론이고 헨리에타 또한 그곳을 향해 총구를 돌렸다. 미친 듯이 쏟아진 탄환의 폭풍은 안타깝게도 마스터 브레인의 표면엔 닿지도 못했다.

"배리어!"

수백 발의 탄환이 모조리 허공에 붙들린 광경은 전율스러웠다. 동시에 생존자들의 의지를 단번에 꺾어버리는 모습이기도 했다.

승산은 희박하다.

모두의 뇌리를 동시에 스쳐 지나가는 생각이었다.

"아티샤! 계속 갈겨!"

헨리에타가 소리쳤다. 그녀의 손가락 사이에서 AP(Anti-Psychic: 반-이능력) 코팅이 된 탄환이 반짝였다.

'이거라면!'

그녀는 빠르게 약실을 열고는 탄환을 밀어 넣으려 했다. 그런데 정작 탄환을 쥔 오른손이 움직이질 않았다.

'이런!'

마스터 브레인이었다. 미니건 세례를 막아내는 걸로 모자라, 그녀의 움직임까지 염동력으로 봉쇄해 버린 것이다.

머릿속이 순간 캄캄해졌다. 그사이 미니건의 탄환이 고갈됐다. 한결 자유로워진 마스터 브레인이 염동력을 발해 아티샤를 후려쳤다.

"아악!"

거구이긴 하나 인간에 불과한 그녀의 몸이 헨리에타의 뒤편까지 날아갔다.

"당장 달아나야 한다."

그렉이 헨리에타의 어깨를 붙들고서 말했다.

"놈이 전면에 나서기로 한 순간부터 패배는 정해진 거나 마찬가지였어. 지금은 어떻게든 여기를 빠져나가서……."

그렉의 눈이 뒤집히는가 싶더니 그대로 고꾸라졌다. 코피를 쏟아내는 걸로 봐선 뇌를 타격당한 모양이었다. 그 공격을 펼친 것은 물론 마스터 브레인일 테고.

헨리에타는 주변을 돌아봤다. 그린베레 길드는 이미 전멸한 뒤. 브레인 이터의 숙주가 된 군인들이 비척거리고 있을 따름이었다.

케르베로스 길드 또한 전멸 직전. 쓰러진 세 사람 모두 숨은 붙어 있었으나 전투 불능의 상태였다.

'그리고 나는…….'

손끝 하나 까딱할 수가 없었다. 마스터 브레인의 염동력에 의해 육체 전반이 완전히 마비된 상태였다. 그다음 수순은 물론 죽음일 터. 브레인 이터에게 먹히는 게 일반적인 귀결이리라.

'한데 뭘 꾸물대는 거지?'

브레인 이터 대신 그녀에게 다가드는 것은 마스터 브레인이었다. 구더기를 수억 배 확장시켜 놓은 듯한 흉물스런 몸뚱이가 꿈틀대며 다가왔다. 무척이나 서두르는 모양새. 더불어 헨리에타를 죽이려는 의도가 조금도 느껴지지 않았다.

'어째서?'

저벅.

희미하게 들려오는 발소리. 마스터 브레인의 움직임이 한층 다급해졌다.

'나를…… 인질로 잡으려 하고 있어?'

스르륵.

마스터 브레인에게서 뻗어 나온 촉수가 헨리에타에게 다가들었다. 마치 그녀를 움켜쥐려는 손길처럼.

뚝.

한순간 촉수가 허공에서 멈췄다. 한줄기의 바람이 헨리에타의 뺨을 스쳐 지나갔다.

"아……."

보이는 것은 뒷모습뿐. 그래도 무척이나 익숙한 느낌이었다.

쿠구구구!

마스터 브레인이 기겁을 하고는 뒤로 물러났다. 그 서슬에 통로 전체가 들썩였다.

사내가 한 걸음을 내디뎠다. 주변 공간이 그를 중심으로 응축되는 듯했다.

그가 움켜쥔 주먹을 내뻗었다. 그 순간 응축됐던 주변 공간이 폭발적으로 확장되었다.

쩍!

1톤에 달하는 마스터 브레인의 거체가 단 일격에 사방팔방으로 찢겨 나갔다. 어마어마한 체액과 파편이 통로 내부를 도배했다.

산성이 섞인 무시무시한 악취. 헨리에타가 의식을 붙들 수 있었던 것은 거기까지였다.

"좀 더 서두를걸 그랬나."

적시운은 손을 탁탁 털며 중얼거렸다. 늑장을 부렸다거나 일부러 전멸하길 기다린 것은 아니었다. 마스터 브레인보다 정보 습득이 조금 늦은 것이 이런 결과를 내고 말았다.

적시운의 감지망은 대략 반경 150m. 반면 마스터 브레인은 그 몇 배에 달하는 범위를 커버할 수 있었다. 브레인 이터를 뿌려놓아야 한다는 조건이 붙기는 하지만 말이다.

역내 깊숙한 곳에 있었던 까닭에 적시운은 추가 침입자의 존재를 감지하지 못했다. 반면 마스터 브레인은 입구 쪽에 뿌려둔 브레인 이터를 통해 이를 알아냈다. 그리고 곧장 이곳으로 온 것이다. 이들을 인질로 삼기 위하여.

적시운으로선 허를 찔린 셈.

깊은 곳에 숨어 있는 쪽을 선호하는 마스터 브레인이 입구로 직접 향할 줄은 몰랐다. 그만큼 놈이 핀치에 몰려 있었다는 반증이기도 했지만.

적시운조차 이랬을 정도니, 마스터 브레인과 직접 조우한 이들의 당혹감은 말할 것도 없으리라.

대부분 일면식도 없는 이들이라지만 씁쓸한 건 어쩔 수 없었다.

"다음부터는 좀 더 주의하는 수밖에."

일단은 생존자부터 찾기로 했다.

군복을 입은 이들은 이번에도 전멸. 반면 각기 다른 복장을 입고 있는 이들은 숨이 붙어 있었다.

우선은 벽에 처박혀 있는 금발의 여성을 끄집어냈다. 육체 강화 능력자인 듯 그녀의 상처는 그리 깊지 않았다.

내상을 입은 남성이 한 명, 적시운보다 머리 하나는 더 큰 듯한 흑인 여성이 한 명. 그리고 마지막 한 사람은 익숙한 붉은 단발의 여성. 헨리에타였다.

"……맥줏값 치른 셈 치면 되겠지?"

적시운은 그들을 염동력으로 들어 올렸다. 그 후 마무리 작업으로 마스터 브레인의 사체를 살폈다.

"좋았어."

주먹만 한 크기의 코어를 찾아냈다. 그 외에도 챙길 만한 물건이 있는지 추가로 살펴본 후, 적시운은 전철역의 입구로 걸음을 옮겼다.

to be continued

레벨업 어게인

LEVEL UP AGAIN

Wish Books

잘은 모르겠지만 과거로 돌아왔다.

최단 기간, 최고 속도 레벨 업, 노블레스 등급 클리어.
생각지 못했던 행운들에 시스템상 주어지는 위대한 이름,
앰플러스 네임까지.

모든 게 좋았다.
사랑했던 여자도 이젠 지킬 수 있을 것 같았다.

[앰플러스 네임 '빛의 성웅'이 성립됩니다.]

그런데 뭐냐. 이 요상한 이름은……?
나 그런거 아닌데. 아 진짜. 아니라니까요.

일천회귀록

사내는 강고하게 선언했다.
"다음 삶에서야말로 나는 너를 죽인다."

『기대하지.』

세상과 함께, 사내의 심장이 찢겼다.

20,000년이 넘는 세월을 살아 왔다.
히든 클래스 전직과 비기 획득도 지겨웠다.
모든 것에 지쳐갔다.
마황에게 죽임을 당하는 순간조차도.

바로 오늘, 강윤수는 999번 회귀했다.
죽거나, 죽이거나.

모든 클래스를 마스터한 남자의
일천 번째 삶이 시작된다.

8클래스 마법사의 회귀

인류 최초의 8클래스 마법사 이안 페이지.
배신 끝에 30년 전으로 돌아오다.

설령 세상이 무너지는 한이 있더라도.
상상을 초월한 적이 눈앞에 나타나더라도.
지키고픈 이들을 반드시 지켜낼 수 있는 힘.

'그 힘이 적당할 필요는 없어.'

소중한 이들을 지키기 위한,
8클래스 이안 페이지의 일대기!

우지호 장편소설

빅 라이프

돈도 없고 인기도 없는 무명작가 하재건,
필사적으로 글을 써도
절망뿐인 인생에 빛은 보이지 않는데…….

어느 날,
그가 베푼 작은 선의가
누구도 믿지 못할 기적이 되어 찾아왔다!

'글을 쓰겠다고 처음 결심했던 때를
잊지 말게.'

무명작가의 인생 대반전!
지금 시작됩니다.